Impressum:

© 2016 by Trutz Hardo
2. Auflage

Umschlaggrafik: T. Wolter (Berlin, pixabay.com)
Titelbild: © Trutz Hardo
Umschlaggestaltung, Korrektorat u. Satz:
Angelika Fleckenstein; spotsrock.de

Verlag: tredition GmbH Hamburg

ISBN: 978-3-7345-1255-1 (Paperback)
         978-3-7345-1256-8 (Hardcover)
         978-3-7345-1257-5 (eBook)

Printed in Germany

Trutz Hardo

Mörder im Taxi

Erlebnisse eines Taxifahrers

Inhaltsverzeichnis

Vorwort

In diesem Buch präsentiere ich den LeserInnen eine Auswahl meiner Abenteuer als Taxifahrer in der Weltstadt Berlin. Diese Erlebnisse möchte ich nicht chronologisch oder – von wenigen Ausnahmen abgesehen – rubriziert hier vorstellen, sondern sie als ebenso gemischt und abwechselnd darbieten, wie sie mir begegnet waren. So konnte es passieren, dass ich am gleichen Tag mit einem blinden Pfarrer über letzte Dinge sprach und schon bei dem nächsten Fahrgast dessen Beichte als Mörder zu Ohren bekam. Eben dieses Abenteuerliche am Taxifahren hat mich besonders an diesem Beruf gereizt, denn man wusste nie, wohin welche Touren führten und mit wem man sich unterhielt und somit oft Hochinteressantes oder sogar Brisantes erfuhr.

Da ich nun von Kind auf ein sehr unstetes und abenteuerliches Leben geführt hatte – besuchte ich doch als Halbwaise und Flüchtlingskind 10 verschiedene Schulen und 8 Internate und trampte späterhin zirka zehn Jahre lang um die Welt und in der Welt herum –, bot sich mir der Beruf als Taxifahrer geradezu als ideale Lösung an, denn hier befand ich mich weiterhin in „Bewegung" und konnte überraschenden Abenteuern begegnen. Und zumal ich als Autor und Verleger oft tagelang am Schreibtisch zu sitzen hatte, wurde die Aussicht, am nächsten Wochenende wieder in der Taxe durch Berlin zu fahren, zur richtigen Vorfreude. Ja, in all den vierzehn Jahren meines Taxifahrens habe ich mich jedesmal auf meinen nächsten Einsatz gefreut.

Oft habe ich mit Fahrgästen derart interessante Gespräche geführt, dass wir, am Fahrziel angekommen, manchmal noch bei abgeschalteter Uhr bis zu zwanzig Minuten lang im Wagen saßen, um uns weiterhin zu unterhalten. Nach „buchenswerten" Unterhaltungen habe ich mir am nächsten Halteplatz über das geführte Gespräch Notizen gemacht, die als Vorlage für dieses Buch dienten.

Mir geht es nicht darum, über die hier geschilderten Ereignisse oder die betreffenden Personen zu richten. Ich stelle solche Berichte oft kommentarlos so dar, wie sie sich in meiner Erinnerung zugetragen haben. Da ich einen Hang zum Übersinnlichen habe, ergaben sich ganz natürlich oft Gespräche, die sich auf eine solche Thematik bezogen. Ich hoffe aber, dass für jede Leserin und für jeden Leser vieles in diesem Buch zu finden ist, was gerade sie oder ihn im Besonderen anspricht. Denn die Gespräche mit meinen Fahrgästen dürften oft ein Spiegel sein, in welchem man sich selbst oder andere wiedererkennt. Es versteht sich, dass die meisten Namen verändert wiedergegeben werden, um die Anonymität der Personen und ihres Wohnortes zu wahren.

Ein Mörder berichtet mir seinen Mord an einem Polizisten

Es ist nachts, 11.25 Uhr. Soeben hatte ich zwei Türken in die Köpenicker Straße im hintersten Kreuzberg gebracht. Als ich an der Taxihaltestelle „Schlesisches Tor" vorbeifahre, sehe ich dort fünf leere Taxen stehen. Mich als sechste Taxe dahinterzustellen, ist zu riskant, denn es könnte bedeuten, dass ich eine halbe bis eine Stunde dort warten müsste, bis ich wieder eine „Fuhre" bekomme. Also entscheide ich mich, zur nächsten nahen „Taxihalte" am Kottbusser Tor zu fahren. Dort stehen vielleicht „nur" zehn Taxen hintereinander, doch mussman meist nicht lange warten, da dort durch Funkaufträge durch „Säule" (Telephonapparat in einer runden graun, etwa 2 m hohen Säule, die bei Anruf oben ein Licht kreisen lässt und zudem einen Piep-Ton in der Taxe auslöst) oder einsteigende Gäste die Taxifahrer schnell wieder beschäftigt werden.

Auf dem Wege dorthin, durch die Skalitzerstraße fahrend, winkt mir ein etwa fünfzigjähriger Mann zu. Als er hinten eingestiegen war, betrachtete ich ihn mir, da ich das hinten befindliche Licht immer für einsteigende Gäste anschalte, um zu sehen, „wer" einsteigt. Der Mann war offensichtlich angetrunken. Seine Nase war wie die eines Boxers flach und ein Auge war blau angelaufen. Er nannte mir sein Fahrziel in der Innenstadt.

„Sie waren vor kurzem noch in eine Schlägerei verwickelt, nicht wahr?"

„Dem ‚Jugo‘ (Jugoslawen) habe ich die Fresse zerschlagen. Der hat sich doch tatsächlich an meine ‚Puppe‘ (Freundin) rangemacht und sie geknutscht.“

„Und? Ist die Polizei alarmiert worden?“

„Der Drecksack ist gleich abgehauen. War auch besser so. Sonst hätte ich ihn vielleicht ebenfalls umgebracht, diesen ‚Wichser‘.“

„Wie, Sie haben schon jemanden umgebracht? Erzählen Sie?“

„Willst‘d wirklich wissen, wen ich umgebracht habe?“

„Ja, erzählen Sie.“

„Ich hab´ einen Polizisten erschlagen.“

„Und wie viele Jahre waren Sie dafür im ‚Bau‘?“

„Ich hab‘ ihn einfach verschwinden lassen. Niemand weiß, was aus ihm geworden ist. Niemand weiß, dass er umgebracht wurde.“

„Wirklich? Wie haben Sie das denn gemacht?“

„Willst‘d wirklich die Geschichte wissen?“

„Ja, klar.“

„Ich hab‘ sie noch keinem erzählt. Du bist der erste. In den siebziger Jahren waren in Griechenland die ‚Juntas‘ (Militärjunta) an der Macht. Das Militär und die Polizisten machten, was sie wollten. Ich bin zu meinem Freund nach Kreta gefahren ...“

„Kreta kenne ich gut, ich habe dort viele Winter verbracht. Wo wohnte denn dein Freund?“

„In X.., an der Südküste."

„Den Ort kenne ich ebenfalls."

„Mein Freund ist Grieche. Er hat dort ein Restaurant. Der Polizist stammte vom Festland und langweilte sich dort zu Tode, war ein aufgeblasenes Schwein. Jawohl. Der ging immer in jede Kneipe oder Taverne und verlangte Ouzo, Retsina oder Kaffee, ohne zu bezahlen. Zu meinem Freund kam der Großkotz und bestellte die teuersten Gerichte – und bezahlte nie, dieses Schwein. Jeder im Ort fürchtete sich vor diesem Dreckskerl. Oft war er betrunken. Mein Freund klagte mir oft sein Leid. Er hatte eine Riesenwut im Bauch. Er sagte, er würde ihn am liebsten umbringen. ‚Dann bringe ihn doch um', sagte ich. Aber er ist ein Feigling. Jeder im Ort würde sich freuen, wenn dieses Schwein umgebracht würde. Ich sagte zu meinem Freund: ‚Wenn der Saukerl heute wieder kommt und bestellt sein Essen, dann sagst du ihm: ‚Ab heute wird bezahlt!' – Du musst mit ihm energisch sein. Wenn ihr euch alle duckt, macht er mit euch, was er will. ‚Versprichst du mir, dass du ihm nachher sagst, dass er bezahlen soll? Ich stehe dir bei, wenn er herumpoltern sollte.'

Dann kam dieser Protz, dick und fett. Als er sich gesetzt hatte, rief er meinen Freund und bestellte Wein und Essen. Ich schubste meinen Freund an und flüsterte ihm zu: ‚Jetzt sag ihm, dass er aber von jetzt an immer bezahlen muss!' Mein Freund hatte Schiss in der Hose. Aber als er ihm das gesagt hatte, schnellte das betrunkene Schwein hoch, zog seine Pistole und schoss fluchend und grölend auf ihn. Aber er schoss daneben und mein Freund konnte sich schnell zurückziehen.

Ich saß am Nebentisch und schwor mir: Dieses Schwein bringe ich um. Der hat nichts Besseres verdient.

In den folgenden Tagen überlegte ich mir, wie ich ihn wohl beseitigen könnte. Wenn man den Ort in östlicher Richtung an der Küste entlang verlässt, kommt man an eine Stelle, wo eine steile Klippe direkt zum Meer hinuntergeht. Die Wellen kommen direkt an diese Klippe, (Ich kannte diesen steilen Abhang ganz genau und wusste, dass er diese Fakten richtig wiedergab). Und ich wusste, dort muss ich ihn hinunter werfen. Die Wellen werden seine Leiche hinausspülen und vielleicht fressen ihn die Fische, sodass er einfach verschwunden sein wird. Ich legte mir oben über der Klippe am Rande des schmalen Pfades einen größeren Stein zurecht, mit dem ich dieses Schwein totschlagen wollte."

„Und wie hast du den Polizisten dorthin gelockt?"

„Ich habe ihm am Abend gesagt: ‚Dort hinten in einer Bucht liegt eine Leiche. Ich zeige sie Ihnen.' Es war schon dunkel. Er ging voraus. Als wir auf dem schmalen Weg oberhalb der Klippe waren, hab' ich den Stein aufgehoben und ihn auf seinen Kopf geschlagen. Er ist gleich umgekippt. Ich warf den Fettsack dann in das Meer hinunter."

„War er denn schon gleich tot?"

„Weiß ich nicht. Aber sein Körper ist zuerst auf einen Fels aufgeschlagen. Das wird er nicht überlebt haben. Dann sackte er in das Wasser."

„Und niemand hatte erfahren, was geschehen war?"

„Niemand. Ein ganzer Suchtrupp von Polizisten hat nach ihm Ausschau gehalten. Wir wurden alle verhört. Doch hatte auch niemand uns beide zusammen gesehen. Sein Leichnam ist nie gefunden worden. Dieses Schwein hab' ich fertig gemacht."

„Bereust du nicht deine Tat?"

„Ja, es ist nicht so leicht, mit diesem Mord umzugehen. Aber es tröstet mich auch wiederum, dass jener Polizist ein solches Schwein war und dass ihn ein gerechtes Schicksal ereilt hatte."

„Würdest du eine gleiche Tat nochmals begehen?"

„Ja, ich glaube, solch ein Schwein würde ich nochmal umbringen. Er hätte nichts anderes verdient gehabt."

Hinter mir saß ein wirklicher Mörder, der mir eine Mordtat gebeichtet hatte. Sollte ich, nachdem er ausgestiegen war, die Polizei alarmieren? Taxifahrer sind oft die Beichtväter der Nation. Sie sind für den Beichtenden anonym, und während einer Taxifahrt ergibt sich oft die beste Gelegenheit, sein Herz von einer schweren Last zu erleichtern. Ich habe nicht die Polizei verständigt, weil diese Mordtat lange zurücklag und auch im Ausland geschehen war. Oder hätte ich doch die Polizei verständigen sollen, wie im folgenden Fall?

Hatte ich einen Anschlag auf ein Asylantenwohnheim verhindert?

Nach dem Fall der Mauer hatten sich in den neuen Bundesgebieten rechtsradikale Gruppen gebildet, die sich oft weniger an der Nazivergangenheit berauschten, als dass sie ihre Aggressionen vernehmlich an Ausländern ausließen. Die Ausschreitungen gegen Ausländer in den alten Bundesländern wie in Mölln und Solingen fanden auch in Brandenburg ihre Gegenstücke, sodass viele in Deutschland befindliche Ausländer, selbst wenn sie hier geboren waren, jene rechtsradikalen Anfeindungen und Angriffe befürchteten. In Berlin gab es auch ausländische Jugendgruppen, die sich gegen solche Angriffe zu wehren suchten, wobei es oftmals zu regelrechten Schlachten kam.

Und oft hatte ich lederjackenbekleidete Skinheads oder Rechtsradikale in der Taxe, die ausländerfeindliche Parolen von sich gaben oder z.B. sagten: „Endlich mal eine Taxe ohne Kanaken am Steuer. Mit solchen fahren wir nämlich nicht. Die sollen dort bleiben, wo sie herkommen. Die nehmen uns die Arbeit weg."

Und wenn ich mal etwas zugunsten der Ausländer sagte, dann wurde das als Provokation aufgefasst, und einmal – es war am Baumschulenweg in Treptow – wäre eine Gang von drei Rechtsradikalen beinahe auf mich losgegangen. Ich bin immer froh, wenn solche Kerle wieder ausgestiegen sind.

In der Yorckstraße steigt zu später Stunde ein junger und, wie es sich herausstellte, betrunkener Mann ein. Als Ziel gibt er die „Hasenheide" in Neukölln an.

Er macht irgendeine abfällige Bemerkung über Ausländer, und er fügt hinzu: "Morgen kannst du was in der Zeitung lesen. Heute Nacht wird ein Asylantenheim angezündet."

„Woher weißt du das?"

„Gestern Abend haben wir den Plan ausgeheckt. Heute Nacht um 2 wird das Asylantenheim in Erkner angezündet."

„Warum bist du jetzt hier und nicht dort dabei?"

„Ich muss in die Stadt. Ich wäre dort sonst der erste Verdächtige. Ich hab' schon zuviel gegen Ausländer unternommen. Ich kann leider nicht dabei sein."

Wie war es möglich, dass er mir diesen Plan verriet? Sicher, er war alkoholisiert. Hatte eine unsichtbare Kraft ihn dazu gezwungen, mir den geplanten Anschlag zu verraten? Wie dem auch sei, nachdem ich ausgestiegen war, parkte ich meinen Wagen am Hermannplatz und verständigte per Telefon die Polizei, indem ich all das, was ich erfahren hatte, weitergab. Noch waren es zwei Stunden vor dem geplanten Anschlag.

Ich könnte mir denken, dass die Polizei mit Blaulicht dort vorgefahren ist, und dadurch die ´Attentäter´ von ihrem Vorhaben abgeschreckt haben dürfte. Auf jeden Fall war nächsten bzw. übernächsten Tags nichts über einen geplanten oder vereitelten Asylantenheimvorfall in den Zeitungen zu lesen.

Aber da wir gerade schon beim Thema sind, möchte ich noch zwei diesbezügliche Ereignisse schildern.

Fahren Sie auch Ausländer?

Im Februar 1993 stieg am Hermannplatz eine etwa fünfzigjährige Frau ein, nachdem sie sich vorerst erkundigte, ob ich auch ,Ausländer' mitnehme.

„Ja selbstverständlich!"

Als sie hinten Platz genommen hatte, fragte ich sie, warum sie denn gefragt habe, ob ich Ausländer mitnähme. Worauf sie, die sich mir als Jugoslawin zu erkennen gab, entgegnete: „Ich habe es schon öfter erlebt, dass Taxifahrer sich geweigert haben, mich mitzunehmen. Einer hatte sogar gesagt, warum ich in Deutschland den Deutschen den Arbeitsplatz wegnehme. Ich habe Angst vor Taxifahrern. Doch wenn ein Taxifahrer nett zu mir ist, dann zahle ich für meine Fahrt in den Wedding 50 Mark."

Ich entgegnete ihr, dass ich mir nur schwer vorstellen könnte, dass ein Taxifahrer sich weigern sollte, eine nicht betrunkene Person besonders für eine solch lange Tour nicht chauffieren zu wollen. Und ich sagte weiterhin, dass ich auf keinen Fall ein extra Trinkgeld annehmen möchte.

Ich bin besonders ausländerfreundlich, habe ich doch 12 Jahre meines Lebens im Ausland verbracht und war überall als „Fremder" gern gesehen und freundlich behandelt worden. Und da ich von meinen vielen Reisen her weiß, wie es einem in einem fremden Land oft zumute ist, bin ich sogar besonders hilfreich, wovon die übernächste Geschichte ein Beispiel geben wird.

Als wir in Wedding ankamen, betrug der auf der Uhr angezeigte Fahrpreis noch weniger als 30 Mark. Sie, die einen Pelzmantel trug und mir erzählte, dass ihr Mann ein Geschäft in Berlin führe, reichte mir 50 Mark. Als ich herausgeben wollte, wies sie mein Vorhaben zurück. „Nein, nein. Sie behalten den Rest. Sie waren sehr nett. Und wie ich Ihnen sagte, gebe ich für diese Fahrt allen netten Taxifahrern 50 Mark."

Sollten wirklich viele deutsche Taxifahrer sich Ausländern gegenüber feindlich verhalten? Das war mir unvorstellbar. Wenn jedoch viele AusländerInnen gleiche Erfahrungen mit ausländerfeindlichen Taxifahrern gemacht haben sollten, dann würden viele der AusländerInnen sicherlich lieber die öffentlichen Verkehrsmittel benutzen als Taxis, und dem Taxigewerbe würden dadurch viele „Fuhren" entgehen.

Doch nun will ich ein krasses Gegenstück erzählen.

RIF, die Seife aus Judenknochen

Drei Wochen später – ich stehe als erster Wagen vor der „Gutschmidt-Halte" – wird meine Haltestelle angesprochen mit der Frage „Sind Sie Deutscher?" Solch eine Frage hört man von der Vermittlung äußerst selten. Öfter wird ein Nichtrauchertaxi oder Rauchertaxi, eine Kombitaxe oder ein Taxi angefordert, dessen Fahrer hundert Mark wechseln kann oder für jemand einen Einkauf tätigen soll. Es ist schon selten, dass jemand eine Taxifahrerin und nicht einen Taxi-

fahrer bestellt oder jemand mit besonderen Sprach-
kenntnissen anfordert. Aber dass ein „Deutscher" ver-
langt wird, ist äußerst selten und lässt die herabset-
zenden Kommentare der Taxikollegen per Funk nicht
nur von ausländischen Kollegen laut werden. Da ich
schon lange gewartet hatte, nahm ich den Auftrag an,
wohl wissend, dass ich aus der in der Gropiusstadt befindlichen Kneipe einen „Republikaner" einladen
werde. Ich nehme grundsätzlich alle Leute mit, mit
der einzigen Voraussetzung, dass sie nicht volltrun-
ken sind und nicht zur Taxe angetorkelt kommen.
Aber darüber später noch mehr.

Es steigt ein korpulenter Mann ein, der wohl schon
die Sechzig überschritten haben mag. „Sie sind doch
Deutscher?" Ich bejahe. „Nun gut, dann fahren Sie
mich in die Niemetzstraße nach Neukölln. Ich hatte
Ihrer Taxivermittlung gesagt, dass ich nur einen deut-
schen Fahrer haben will. Das Fräulein wollte erst den
Auftrag nicht annehmen. Aber ich sagte, dass ich dem
Taxifahrer 50 Mark Trinkgeld geben werde. Dann hat
sie den Auftrag an Sie weitervermittelt. Ich gebe
Ihnen nachher 50 Mark Trinkgeld – wie versprochen.
Vorhin hatte ich ebenfalls ein Taxi bestellt. Als ich aus
der Kneipe herauskam, erblickte ich einen schwarzen
Mann am Steuer. Ich denke: ‚Ich seh nicht recht.‘ Ich
fragte ihn: ‚Woher kommst du?‘ Er antwortet: ‚Aus
Ghana.‘ Ich sagte: ‚Geh zurück in dein Land. Hier hast
du 5 Mark für die Fahrt. Aber mit dir fahr' ich nicht.‘
Dann bestellte ich bei einer Funktaxivermittlung eine
Taxe mit einem deutschen Fahrer. Aber das Fräulein
legte gleich wieder auf. Na, beim dritten Mal hat's endlich geklappt."

Der leicht angetrunkene Mann erzählte mir, dass er jetzt pensionierter Versicherungsmann sei und heute eine monatliche Rente von über 10.000 Mark beziehe. Er bekannte, dass er spielsüchtig sei und schon eine Entziehungskur hinter sich habe. Wie ich schon vermutete, war er „Republikaner", der auf keinen Fall gewillt sei, irgendwelche Ausländer zu unterstützen. „Schaun Sie, 100.000 Ärzte sind arbeitslos. Die SPD und CDU lassen viel zu viele Ausländer ins Land. Ich mache mit Ihnen eine Wette, dass bis zu meinem Tod die Republikaner die Regierung in Deutschland bilden."

Er zündete sich eine Zigarette an. Ich machte ihn darauf aufmerksam, dass er in einer „NICHTRAU-CHERTAXE" sitze.

„Aber wenn ich Ihnen ein Trinkgeld von 50 Mark gebe, dann kann ich doch sicher in Ihrem Taxi rauchen?"

Was sollte ich dagegen einwenden.

Und schon schien er als Nochimmer-Nazi bei einem seiner Lieblingsthemen angekommen zu sein.

„Hitler wollte ja die Juden nicht vernichten. Er wollte sie ausweisen. Aber die Ausländer wollten sie ja nicht. Die haben sie sogar zurückgeschickt."

Und ich dachte: Dieses Charakter-Schwein gibt jetzt auch noch den Ausländern die Schuld am Völkermord der Juden.

Er erzählte mir aus seiner Jugend als Hitlerjunge in den letzten Kriegsjahren. Ich fragte ihn: „Haben Sie damals von der Judenvergasung gewusst?"

„Aber natürlich. Wir alle wussten davon. Vielleicht gab es einige, die nichts wissen wollten. Aber wir in der Hitlerjugend wussten alle Bescheid. Das war kein Geheimnis. Wir wuschen uns damals mit einer bräunlichen Kernseife. Die hieß „RIF". Wir wussten, dass sie aus Judenknochen hergestellt war, und dass RIF bedeutete: ‚Ruhet in Frieden'. Wir alle haben uns mit dieser Judenkernseife gewaschen. Wir wussten alle Bescheid."

Nach allem, was ich bei meinen historischen Recherchen für meinen vierbändigen Farbroman herausfinden konnte, wurden Knochen der vergasten Juden nie für die Seifenherstellung verwendet. Jedoch ist hier der Umstand von erschreckender Bedeutung, dass Jugendliche von dieser Möglichkeit überzeugt waren, beziehungsweise also ein mögliches Gerücht als Tatsache wie etwas Selbstverständliches in ihr nationalsozialistisches Denken integriert wurde. Vielleicht meinte RIF etwas ganz anderes, obwohl solch eine Namensgebung ganz der Perfidie vieler SS-ler entsprochen haben könnte.

Am Fahrziel angekommen, zahlte er erst die Fahrgebühr von ca. 20 Mark, und dann drückte er mir tatsächlich 50 Mark in die Hand. „Das ist für Sie. Nein, mit einem Nigger fahre ich in keiner Taxe."

Ich wünschte so manchem deutschen Schriftstellerkollegen, dem nichts mehr zum Schreiben einfallen sollte, Taxifahrer zu werden. Er hätte mehr als genügend Stoff aus erster Hand.

Als Übersetzer auf dem Polizeirevier

Diese nun zu schildernde Begebenheit hat mich ähnlich wie das soeben berichtete Ereignis tief beschämt, ein Deutscher zu sein.

An einem Freitagabend gegen 19 Uhr erhielt ich an der „Theo-Halte" (Theodor-Heuss-Platz) den Funkauftrag, zu einem Hotel in der Heerstraße zu fahren und auf dessem Hof den Fahrgast in Empfang zu nehmen.

Dort stieg ein etwa sechzigjähriger Ausländer ein und zeigte mir auf einem Zettel das Fahrziel: Polizeirevier, Gallwitzallee, Lankwitz. Da er englisch sprach, fragte ich ihn, warum er dorthinfahren wolle. Er war sehr nervös und erzählte mir nun folgendes:

„Meine Frau hat mich soeben von dort angerufen. Ich solle sofort kommen und sie aus der Zelle befreien."

„Weshalb ist sie denn eingesperrt?"

„Ich weiß es auch nicht genau. Sie sagte, man habe sie beschuldigt, etwas gestohlen zu haben. Wie Sie wissen müssen, bin ich Professor der Medizin aus Kairo. Im ICC findet zurzeit ein großer Medizinerkongress statt. Hier treffe ich wieder viele Kollegen aus aller Welt, und wir tauschen unsere Erfahrungen aus. Heute Nachmittag hielt ich einen Vortrag. Meine Frau wollte aber noch im X einkaufen. Denn heute Abend findet ein großer Ball statt und sie wollte sich noch ein Kleid aussuchen. Ich gab ihr das Geld. Sie wollte um sechs wieder zurück im Hotel sein. Wie Sie sehen, hatte ich mich schon umgekleidet. Ich wartete und wartete. Ich machte mir schon Sorgen, dass ihr etwas passiert sein könnte. Dann kam ihr Anruf. Sie hatte schrecklich geweint. Sie beteuerte mir, dass sie unschuldig sei. Meine Frau hat noch nie in ihrem Leben etwas gestohlen. Sie ist in unserem Land eine der am höchsten bezahlten Bibliothekarinnen. Wir sind reich. Ich fahre in Kairo einen Mercedes. Meine Frau hat keinen Grund, etwas zu stehlen. Ich habe ihr für den heutigen Nachmittag über 1.000 Mark zum Einkaufen mitgegeben. Wir sind zum ersten Mal in Deutschland. Ich hatte mich so darauf gefreut, endlich mal nach Berlin zu kommen."

Ich vertröstete ihn und meinte, dass sicherlich ein Missverständnis vorliege, ich aber – so er möchte – gerne mit auf die Polizeistation käme, um ihm behilflich zu sein und auch zu übersetzen.

Er nahm mein Angebot dankend an.

Ich parkte die Taxe vor dem Eingang des Polizeireviers und begleitete meinen Fahrgast in das Gebäude. Nachdem wir unser Anliegen vorgebracht – ich stellte mich als Übersetzer des Ägypters vor – und uns ausgewiesen hatten, wurden wir in einen angrenzenden Flur neben der Amtsstube gebracht, wo uns bedeutet wurde zu warten.

Bald darauf brachte eine Polizistin die Frau des Professors in unseren Flur. Ihr Gesicht war ganz verweint. Sie umarmten sich kurz, und ich wurde ihr als Taxifahrer und Übersetzer vorgestellt. Sie begann nun, ihrem Mann den Vorgang auf Arabisch zu berichten, doch bat ich sie, Englisch zu sprechen, damit ich die Einzelheiten mitbekommen konnte, um später der anwesenden Polizei den Sachverhalt darlegen zu können.

Wie sie angab, hatte sie sich in jenem berühmten Kaufhaus schon ein Kleid ausgesucht. Dann entdeckte sie eine Bluse, für die sie sich ebenfalls entschied. Auf dem Wege zur Kasse kam sie an einer Auslage vorbei, in welcher für die Damen Zierblumen aus Draht und Papier für 9,80 Mark das Stück angeboten wurden. Sie wählte unter diesen sich eine aus, die sie sich am heutigen Abend auf der Brusthöhe des Kleides anbringen wollte. Während sie an der Kasse anstand, war sie im Zweifel, ob so eine Papierblume eigentlich passen würde, und entschied sich, diese doch nicht zu bezahlen und sie nachher wieder in jene Auslage zurückzulegen.

Nachdem sie das Kleid und die Bluse bezahlt hatte, wollte sie zu jener Auslage zurückgehen, wurde aber von einem anderen Tisch mit Utensilien angezogen, hinter dem sich ein weiterer Tisch mit anderen Dingen befand, die ihr Interesse auf sich zogen. Somit hatte sie sich schon einige Meter von der Kasse entfernt, als ein junger Herr auf sie zukam, ihr eine Ausweiskarte vorhielt und sie bat, mit in einen Hinterraum zu kommen. Sie hatte ihn fragen wollen, wieso sie mitkommen solle. Doch er sprach kein englisch oder wollte ihr auch nicht antworten.

In ihrem Beisein wurden im Büro der Abteilungschefin die Tüten untersucht – sie hatte vorher noch andere Gegenstände eingekauft – und deren Inhalt mit den Rechnungen – insgesamt über 1.000 Mark – verglichen. Doch man fand, dass alles ordentlich bezahlt war bis auf jene Papierdekorationsblume im

Wert von 9,80 Mark. Man fragte sie, warum sie diese nicht bezahlt hätte, und sie erklärte, dass sie diese wieder zurück zur Auslage zu bringen beabsichtigte. Man wollte ihr keinen Glauben schenken, zumal man ihr unterstellte, sie habe das Preisetikett an der Zierblume wissentlich schon entfernt. Man habe ihr gesagt, dass man leider die Polizei verständigen müsse und sie sich jetzt zu gedulden habe, bis jene gekommen sei. Sie habe versucht, ihren Mann anzurufen, aber er war noch nicht auf seinem Hotelzimmer.

Schließlich seien zwei Polizisten gekommen und hätten sie wie eine Verbrecherin durch einen Hinterausgang zu einem vergitterten Mannschaftswagen gebracht, sie in den Hinterraum einsteigen lassen, die Türen verschlossen und sie nach weiter Fahrt durch die Stadt bis hierher gebracht.

Ich tröstete sie und versicherte ihr, dass dies ja nur eine Bagatellsache sei – und ob schuldig oder nicht – sie sicherlich gleich entlassen werden würde, nachdem ich ihren Fall jetzt den Polizisten zu Protokoll geben würde. Die Darstellung ihrer Sicht der Dinge wurde durch meine Übersetzung – ich hatte der Polizei auch rechtmäßig versichert, dass ich früher Englischlehrer am Gymnasium war – zu Protokoll genommen, während Zwischenfragen gestellt wurden und auch der Professor mir immer wieder auftrug, der Polizei zu sagen, dass seine Frau unschuldig sei, dass sie noch nie gestohlen habe, dass sie eine der höchstbezahlten Beamtinnen seines Landes sei.

Die Polizisten waren verhalten freundlich. Und der Professor ließ durch mich fragen, ob er jetzt seine Frau mitnehmen könnte, da der Ball schon begonnen habe und ihre Freunde auf sie warteten. Doch man antwortete, dass, da es sich um eine Anzeige wegen Diebstahls handele, der Fall vor einen Richter gebracht werden müsse. Man habe schon herumtelephoniert, aber es sei keiner der für solche Notfälle vorgesehenen Richter zu erreichen gewesen. Sie müsse leider bis zum nächsten Tag auf der Polizeistation bleiben.

Der Ägypter, nun ganz aufgebracht, rief immer wieder „No, no. I want to take out my wife now!" (Nein, nein! Ich will meine Frau jetzt mitnehmen!) Er war bereit, 1.000 $US, ja sogar 5.000$US als Kaution für seine Frau anzubieten, nur um sie für den heutigen Abend freizubekommen. Aber man gab ihm zu verstehen, dass so etwas nur möglich sei, wenn seine Frau mit Wohnsitz in Berlin gemeldet wäre. Bei nichtgemeldeten Ausländern könnten auch Hoteladressen nicht als Wohnsitz zur Geltung gebracht werden. Es täte ihnen also leid, dass er seine Frau erst am nächsten Tag, nachdem der Richter den Fall entschieden hätte, abholen könne.

Der Professor, inzwischen schon mehrmals den Tränen nahe, weinte nun wie ein Kind. Seine Frau weinte ebenfalls. Schließlich bat er, dass man ihm doch wenigstens den Raum zeigen solle und das Bett, wo seine Frau über Nacht schlafen müsse. Die Polizistin führte ihn in jenen vergitterten Raum. Als er zurückkam, umarmte er seine Frau und versprach, sie am nächsten Tag herauszuholen, selbst wenn er den Bürgermeister persönlich um die Freigabe seiner Frau bitten müsste. Ich fuhr ihn in sein Hotel zurück und versuchte, ihn zu bewegen, die ganze Angelegenheit nicht so tragisch zu nehmen, waren wir Deutschen für unsere bürokratische Pingeligkeit ja leider weltbekannt.

„Wenn ich morgen meine Frau dort befreit habe, werden wir sofort mit dem nächsten Flugzeug das Land für immer verlassen. Ich werde nie wieder nach Deutschland kommen. Ich werde heute Abend selbstverständlich nicht auf den Ball gehen, und wenn meine Freunde mich im Hotel anrufen, lasse ich dort ausrichten, dass es mir nicht gut geht."

Ich hatte ihm schon während der Fahrt angeboten, am nächsten Morgen zum Polizeirevier zurückzufahren und wieder als Dolmetscher, wenn nötig, auszuhelfen. Dieses Angebot nahm er wiederum gerne an.

Da uns am Vorabend gesagt worden war, um 10 Uhr zu kommen, holte ich den Professor um halb zehn in seinem Hotel ab. Als er eingestiegen war, teilte er mir mit, dass man ihn gerade angerufen habe, dass er seine Frau nun abholen könne.

Dort angelangt, führte man uns wieder in jenen Flur, wo schon seine Frau auf ihn wartete und ihm sagte, dass sie gleich mitfahren könne, denn sie sei schon dem Richter vorgeführt worden, wobei ein dolmetschender Ägypter hinzugezogen worden war. Dieser stellte sich jetzt dem Professor vor und teilte ihm mit, dass er außer den Gerichts- und Dolmetscherkosten auch noch eine Strafgebühr für seine Frau zu zahlen habe, sodass sich die Totalsumme auf 556 DM belaufe.

Der Professor bezahlte erleichternden Herzens die ihm genannte Gebühr, nahm die Einkaufstüten in die eine Hand, seine Frau bei der anderen, und sie gingen zur Taxi. Ich fuhr sie zurück in ihr Hotel.

Die Frau, manchmal noch weinend, sagte mir, dass sie die ganze Nacht nicht schlafen konnte und versicherte mir, dass sie noch nie gestohlen habe, dass allein der Gedanke daran für sie absurd wäre.

Der Mann hatte sie davon in Kenntnis gesetzt, dass sie gleich im Hotel alles zusammenpacken – er hatte schon, wie er mir erzählt hatte, dahingehend Vorarbeit geleistet – und zum Flugplatz fahren würden. Und er wiederholte: „Nur raus aus Deutschland, so schnell wie möglich. Bisher war ich ein Deutschlandfreund, wie wir alle Ägypter Deutschlandfreunde sind!" Aber er wolle nichts mehr von Deutschland hören und sehen, und seinen Mercedes werde er auch gegen einen japanischen Wagen eintauschen.

Ich versuchte ihm zu erklären, dass sie beide leider eine negative Erfahrung gemacht hätten, dass aber Deutschland und die Deutschen wie auch Berlin viele, viele positive Seiten hätten. Ich fühlte mich selbst beschämt über alles Vorgefallene und bedauerte, was ihnen passiert war. Er gab zu, dass es auch nette Deutsche geben müsse, hätte ich ihm doch sehr geholfen.

Am Hotel fragte er nach dem Gesamtpreis meiner Mühen, aber ich hatte nur den jeweiligen Fahrpreis in Rechnung gestellt, nicht meine Zeit. Er drückte mir zusätzlich einen Hundertmarkschein in die Hand, gab mir seine Visitenkarte und lud mich ein, in Kairo sein Gast zu sein.

Ich frage mich: Hätte man diesen Fall von seiten des Kaufhauses und von seiten der Polizei nicht anders lösen können? Ist man als Angestellter oder Beamter „nur" Opfer von Vorschriften? Darf denn da kein eigener Verstand – von Herz will ich schon gar nicht reden – sich über Vorschriften hinwegsetzen? Wenn ich als Steuerzahler sehe, welcher Kostenaufwand wegen solch einer Lappalie betrieben wird, fragt man sich, was wohl sonst noch für ein Unsinn mit Steuergeldern angestellt wird.

Ich kann verstehen, dass ein Kaufhausdetektiv jeden Diebstahl aufdecken möchte, denn erfolgreicher Einsatz garantiert den Fortbestand seines Arbeitsplatzes und eventuelle Erfolgsprovisionen. Von einer Geschäftsleitung sollte man aber größere Toleranz bezüglich Ermessensfragen seitens seiner Angestellten erwarten dürfen.

Dieser Fall bewegte mich derart, dass ich mich entschloss, in jenes Kaufhaus zu gehen und auf der Damenkonfektionsabteilung die Abteilungsleiterin zu sprechen. In ihrem Büro vor ihr stehend, brachte ich jenen Fall der Ägypterin vor, an den sie sich sofort erinnerte. Ihrer Version entsprechend handelte es sich „eindeutig" um einen bewussten Diebstahl. Der Kaufhausdetektiv habe diese Frau schon länger beäugt und habe gesehen, wie sie jene Papierdekoration in die Tüte gesteckt habe. Danach habe sie sich in eine andere Warenabteilung begeben, wo er sie angesprochen und hierhergebracht habe. Die gestohlene Ware fand sich sofort, und es fehlte schon die Preismarkierung, die sie „hundertprozentig wissentlich2 entfernt hatte.

Ich versuchte jener „überzeugten" Abteilungsleiterin zu erklären, dass diese Frau eine Beamtin und zugleich die Ehefrau eines Millionärs sei und also keine Veranlassung habe, stehlen zu müssen – und schon gar nicht eine Ware im Werte von 9,80 Mark. Doch all das ließ jene Dame unbeeindruckt, ja, im Gegenteil, der Fall schien für sie ganz typisch zu sein, denn sie erwiderte, dass gerade Frauen aus vornehmen Häusern oft Diebinnen seien, habe sie doch vor kurzem erst die Frau eines Anwalts zur Anzeige gebracht, die eine Hose gestohlen hätte. Wer immer eine Ware zu sich genommen habe und, ohne sie bezahlt zu haben, schon in der nächsten Abteilung damit ertappt wird, gelte als Dieb und werde angezeigt.

Ich sagte ihr, dass oft die Abteilungen ineinander übergingen, und man dann leicht – wie in unserem Fall – als Dieb ertappt werden könnte, so man die noch unbezahlte Ware von der einen in die andere Abteilung mitgenommen hätte, wobei man immer noch die Absicht haben könne, alles an einer Kasse zu bezahlen. Trotzdem, die Bestimmungen, wie sie mir auseinandersetzte, seien einzuhalten, ganz egal, um welche Schadenshöhe es sich dabei handele.

Ich setzte ihr auseinander, dass es ja sehr gefährlich sein könnte, hier einzukaufen, denn es könne doch leicht passieren, dass man, ohne es zu ahnen, als Dieb festgenommen würde. Ich wollte sie einfach davon überzeugen, dass man von dieser Ladendiebstahlsabsicherungs-vorschrift abkommen müsse, zum Schutz der Kunden und auch zum Wohle des sonst respektierten Kaufhauses. Aber ich stieß auf kein Verständnis.

Ich ging nun durch die Auslagen jener Abteilung und fand auch den Auslagekasten mit jenen Blumenverzierungen. An jedem Stil befand sich der daran festgeklebte Preis. Doch an einem Stil fehlte er. Hatte jene Ägypterin zufällig ebenfalls eine Zierblume zu sich genommen, an welchem die Preismarkierung fehlte? Aber mir war bewusst, dass es im Grunde keine Zufälle gibt. Als Reinkarnationstherapeut weiß ich aus der Praxis, dass jedes Ereignis auf einen Grund zurückzuführen ist. Vielleicht hatte jene Bibliothekarin in einem früheren Leben ebenfalls jemanden unschuldigerweise verhaften lassen und musste in diesem Leben selbst ein ähnliches Erlebnis erfahren, um das Getane durch ein Gleiches wieder auszugleichen.

Warum und wie ich Taxifahrer geworden bin

Nachdem ich per Anhalter zirka zehn Jahre lang um die Erde gefahren war und über 110 Länder auf diese Art durchreist hatte, wollte ich, nach Europa 1977 zurückgekehrt, an einem ruhigen Ort mein monumentales Romanwerk schreiben, dessen Auftrag mir drei Jahre zuvor in der Sahara innerlich gegeben wurde. Es sollte ein Roman von etwa 2.000 Seiten werden und in sieben Farben geschrieben bzw. gedruckt sein. Ich rechnete mir aus, dass ich für jene etwa 340 Kapitel sieben Winter benötigen würde, und so ließ ich mich im Winter 77/78 an einen mir schon von früherer Schreibtätigkeit her bekannten und dafür bewährten Fischerort auf Kreta nieder, wo ich nun die sieben folgenden Winter jeweils etwa drei Monate lang an diesem Romanwerk schrieb. Neben dem für dieses Werk notwendigen vielen Lesen von historischer Fachliteratur über Nationalsozialismus und Weltkrieg und dem Besuch von speziellen Bibliotheken und Zentren des Grauens wie Dachau, Buchenwald, Auschwitz, Birkenau und Sachsenhausen hatte ich mindestens vier Monate zu arbeiten, um u. a. das Geld für den jeweils nächsten Kretabesuch aufzubringen.

Da ich auf meiner Weltreise schon in Kopenhagen und Sydney als Kellner gedient hatte, bewarb ich mich in Berlin als Kellner und wurde in der Gaststätte „Alt Berlin" im Europazentrum eingestellt. Heute befindet sich an gleicher Stelle dort das „Mövenpick"-Restaurant. Die Ausübung meines qualifizierten Berufes als Lehrer für Geschichte, Deutsch und Englisch konnte für mich nicht mehr in Frage kommen, da ich ja nur vier Monate Zeit für eine bezahlte Arbeitsstelle annehmen konnte. Also erschien mir eine solche Kellnertätigkeit während der Sommersaison genau das Gegebene zu sein. Zuvor hatte ich mich als Kellner im „Kempinski" beworben und bin aufgrund meiner Kellnerreferenzen angenommen worden, aber das Gehalt belief sich damals auf 1.050 Mark, womit ich mein Vorhaben nicht hätte durchführen können.

Im „Alt Berlin" war eben diese Summe als Minimum garantiert, wurde jedoch nach Umsatz abgerechnet, was mir ein größeres Monatsgehalt versprach. Nun ging ich täglich mit dem Tablett einige Kilometer zumeist auf Steinboden, sodass ich schon nach einigen Wochen Schmerzen an den Fußballen bekam. Auch Spezialschuhe konnten diese Schmerzen nicht beheben. Ich musste mich nach einer anderen Tätigkeit umsehen, die mir ebenfalls die Gelegenheit bot, in vier Monaten das nötige Geld zu verdienen.

Ein ehemaliger Kellner besuchte seinen Freund, einen Kollegen von mir, und erzählte, dass er jetzt Taxifahrer sei und besser verdiene als vormals als Kellner. Schon am nächsten Tag meldete ich mich bei einer Taxifirma an, um mich dort für wenig Geld zum Taxifahrer ausbilden bzw. auf die staatlich abgenommene Prüfung vorbereiten zu lassen. Taxifirmen bieten deshalb diese Ausbildungskurse billig oder gar umsonst an, in der Hoffnung, dass man danach auch ihre Taxen benutzen wird. Ich wollte mich aber von vornherein für keine Firma verpflichten und zahlte deshalb gerne den geringen Betrag, der eigentlich nur die Unkosten für die Unterrichtsunterlagen abdecken sollte.

Wöchentlich besuchte ich diese Vorbereitungskurse, wobei man auf der Karte die Strecken abfuhr und sich alle bezüglichen Straßennamen einzuprägen hatte. Außerdem erhielt man ca. sechzig Bogen von den bisher erfolgten Prüfungsunterlagen, die man auswendig zu lernen hatte. Westberlin hatte damals etwa 6.500 Straßen. Alle Hauptstraßen und Hauptverbindungen, aber auch viele Nebenstraßen wie die des Kurfürsten-Damms, der Kantstraße oder des Hohenzollerndamms mussten gewusst werden. Ich büffelte nun vier Monate lang neben meiner Kellnertätigkeit und – ich hatte mich vorher schon angemeldet – fand mich dann zum Tag der Ortskenntnisüberprüfung im Polizeigebäude in der Friedrichstraße ein.

Etwa 25 Prüflinge hatten sich zur schriftlichen Prüfung in einem Raum eingefunden. Wir wurden in zwei Gruppen eingeteilt, sodass jeder Nebenmann einen anderen Zettel vor sich hatte und folglich nicht abgeschrieben werden konnte. Dreißig Fragen waren zu beantworten. Die fünf öffentlichen Gebäude – also

Oper, Polizeirevier soundso, Krankenhaus soundso, Theater, Senatsgebäude – waren leicht mit Straßenbezeichnungen zu versehen, denn alles war ja auf den auswendig gelernten Prüfungszetteln schon vorhanden. Auch die drei genannten Plätze, bei denen man zwei auf sie zuführende Straßen benennen musste – also Wilder Eber, Steubenplatz und Unionsplatz – bereiteten mir bis auf letzteren wenig Schwierigkeiten. Doch nun mussten 22 aufgelistete Straßen genau bezeichnet werden, von welcher Straße/oder Platz bis zu welcher Straße/oder Platz sie führten. Die meisten Straßen – weil vorher eingepaukt – konnte ich leicht benennen. Doch bei zwei Straßen, die sich vorher auf keinem der auswendig gelernten Zettel befanden, hatte ich Probleme, sodass ich bei der Schottmüllerstraße in Lichtenfelde und der Zossenerstraße im Smargendorf nur jeweils eine richtige Straßenbegrenzung angeben konnte.

Uns war allen bekannt, dass man durchgefallen war, so bei den dreißig Fragen mehr als drei unrichtige Angaben gemacht wurden, und es war auch bekannt, dass 90–95 % aller Prüflinge durchfallen würden. Berlin war in Deutschland einer der wenigen Orte, wo es keine festgesetzte Taxiquotenregelung gab. Doch die Taxiprüfung wurde im Beisein eines Zivilpolizisten als Prüfungsleiter von zwei kundigen Mitgliedern der Taxiinnung abgenommen, die jeweils nur so viele Prüflinge bestehen ließen, wie es der erwünschten, aber unausgesprochenen Norm angemessen war. So konnten sie also 2 oder 3 etwas abseitsgelegene Straßen unter die 22 zu bezeichnenden Straßen mischen, davon ausgehend, dass kaum einer der zu Prüfenden jene Straßen wissen konnte.

Wenn ich mich recht erinnere, stand uns für die dreißig zu beantwordenden Fragen nur eine halbe Stunde zur Verfügung. Dann wurden die Zettel eingesammelt, und man bat uns, in etwa einer Stunde wiederzukommen, um das Ergebnis zu erfahren.

Als wir uns wieder in jenem Raum eingefunden hatten, hieß es, dass nur drei Prüflinge die schriftliche Prüfung bestanden hätten, während alle anderen sich einer Wiederholung der schriftlichen Prüfung erst nach drei Monaten wieder stellen dürften. Viele gingen hängenden Kopfes hinaus, denn für einige war es schon das x-te Mal, dass sie sich dieser schriftlichen Prüfung unterzogen hatten.

Ich war also einer von den drei Glücklichen, und das bei meinem ersten Versuch. Bei der anschließenden mündlichen Prüfung, die einzeln vorgenommen wurde, war ich derjenige, der zuletzt geprüft wurde. Als ich vor dem Prüfungsgremium Platz genommen hatte, wurde ich aufgefordert, vom Flughafen Tegel nach dem Forsthaus Nikolskoe zu fahren. Und der Prüfer machte die Bemerkung: „Aber fahren Sie nicht zu schnell." Was meinte er damit? Aber ich musste nun die kürzeste Strecke bezeichnen. Ich benannte die Flughafenausfahrt, den Kurt-Schumacher-Damm, den Berliner Ring, die Avus....

„Aber ich sagte Ihnen doch, fahren Sie nicht zu schnell."

Was meint er damit, durchfuhr es mich in meiner Aufregung. Es ist doch der kürzeste Weg. Also sollte ich langsamer die Straßennamen nennen. Somit wartete ich und nannte die Spanische Allee. „Ich habe

Ihnen doch zu verstehen gegeben, dass Sie nicht die Avus benutzen sollen. Also fangen Sie nochmals an."

Jetzt verstand ich erst, was er meinte mit „Fahren Sie nicht zu schnell." Prüfer sollten sich in Prüfungen nicht zweideutig ausdrücken, da der aufgeregte Prüfling Zweideutigkeiten oft nicht durchschauen kann. Nun nannte ich den von ihm gewünschten richtigen Weg über den Mexicoplatz und konnte auch alle Straßen richtig bezeichnen. Der zweite Prüfer forderte mich auf, von dem Michael-Bohnen-Ring zum Augusta-Viktoria-Krankenhaus zu fahren. Ich wusste, dass ich keinen Fehler machen durfte. Als ich auf jener Fahrt die Silbersteinstraße und Oberlandstraße nannte, wusste ich, dass ich auf die weiterführende parallellaufende Ordensmeisterstraße kommen musste. Aber wie hieß jetzt diese Verbindungsstraße? Ich zögerte. Ich überlegte. Dann fiel mir ein, dass ja noch die Germaniastraße ein Stück zu fahren sei. Wie hieß nun aber jene nach links abweichende Straße. „Nun? Wie geht's weiter?", so wurde ich aufgefordert zu antworten. Die Prüfer schauten sich schon an, um untereinander sich zu verständigen, dass der Prüfling durchgefallen war. Ich war mir jetzt der Situation voll bewusst. Jeden Moment werden sie sagen: „Es tut uns leid: Sie müssen sich nochmals zur schriftlichen und mündlichen Prüfung melden."

Dann aufeinmal kam es wie ein Blitz aus mir heraus: „Komturstraße". Woher kam diese richtige Antwort, denn diese Straße hatte ich nie bewusst gelernt und sie auch nie vorher mit dem Auto befahren. Die restlichen Straßen konnte ich richtig benennen. Ich hatte bestanden. Nachdem ich mich nun in den nächsten Tag amtsärztlich untersuchen und röntgen lassen musste, wurde ich nach einigen weiteren Tagen, als die Befunde an die Prüfungsstelle geschickt worden waren, benachrichtigt, meinen Schein zur Erlaubnis der Fahrgastbeförderung (P-Schein) abzuholen. Nun war ich von Berufs wegen Taxifahrer, nachdem ich schon mindestens zwanzig andere Berufe in verschiedenen Ecken der Welt ausgeübt hatte. Meine erste Taxinacht

Jene Taxifirma, bei der ich erfolgreich abgeschlossen hatte, freute sich, einen neuen Taxifahrer rekrutiert zu haben, denn es besteht auch heute noch ein großer Konkurrenzkampf auf dem Taxifirmenmarkt. Doch der Inhaber wollte mich auf einer VW-Passat-Taxe fahren lassen, während ich mich auf ein Mercedes-Taxi – wie in der Werbung angekündigt – gefreut hatte. Ich klopfte deshalb zweihundert Meter weiter bei der nächsten Taxifirma an und wurde sogleich mit offenen Armen empfangen. Natürlich bot man mir ein Daimler-Taxi an. Ich konnte mir auch die gewünschten Zeiten aussuchen, wann ich fahren wollte, brauchte mich dafür nur rechtzeitig in den ausgehängten Plan für den laufenden oder kommenden Monat einzutragen. Ich war auch nicht daran gebunden, das ganze Jahr zu fahren, sondern konnte monatsweise – wie gewünscht – meinen Arbeitsplan einteilen, war hingegen als „Festfahrer", der auch altersversicherungsmäßig abgedeckt war, sowie als „Schichtfahrer" und auch als „Vollfahrer", dem die Firmentaxe für längere Zeit als Alleinfahrer übertragen wurde, an bestimmte Mindestfahrquoten gemäß Umsatz gebunden. Auch wurde ich – wie wohl alle angestellten Taxifahrer – allein nach Umsatzbeteiligung provisioniert zuzüglich den Trinkgeldeinnahmen. Das hieß also: je mehr oder je länger ich fuhr, desto höher war das Einkommen. Wer also viel verdienen wollte, musste fleißig sein. Offiziell durfte man pro Tag nur 8 Stunden am Steuer sitzen, zuzüglich 1-2 Stunden Pause. Es gab Zeiten, in denen man von Amts wegen genaue Kontrollen durchführte. Eine „Schicht" erstreckt sich über 12 Stunden. Meistens wird morgens um 6 und abends um 18 Uhr gewechselt.

Meine erste Schicht begann an einem Freitag um 18 Uhr im Frühjahr 1980. Ich war sehr aufgeregt, was mir dieser Job wohl alles bescheren würde. Bisher war alles Theorie gewesen. Nun stand also die Praxis bevor. Würde der Beruf als Taxifahrer mir gefallen? Ich fuhr zum Savigny-Platz. Kein anderes Taxi befand sich dort. Die Säule leuchtete. Doch schon stiegen zwei junge Herren ein und gaben mir ihr Fahrziel an: „Bernauer Straße in Tegel."

Diese Straße war mir von meiner Taxivorbereitung bestens vertraut. Denn es gibt zwei Straßen gleichen Namens im damaligen West-Berlin, zum anderen handelt es sich um eine wichtige Verbindungsstraße von Tegel in Richtung Spandau, und schließlich hatte ich mir alle über 100 Halteplätze eingepaukt, und eine davon hieß „Bernauer/Seidel". Seitens der Taxifirma hatte man mir gesagt, dass ich, so ich unsicher über Zielort oder Fahrweg sein würde – den Fahrgästen sagen sollte, dass ich gerade als Taxifahrer erst begonnen hätte, sodass man mir gerne behilflich sein würde. Doch in diesem Fall war mir Fahrziel und Strecke ganz klar.

Auch als ich mich, nachdem die zwei Herren ausgestiegen waren, an jenen Halteplatz Ecke Bernauer

Straße/Seidelstraße stellte, war wieder kein anderes Taxi vorhanden, und schon leuchtete die Säule auf. Ich stieg mit dem Säulenschlüssel aus, schloss die Säulenschiebetür auf und nahm den Auftrag entgegen: „Coesfelder Weg 18". Auf dem Weg zum Taxi dachte ich: „Das läuft aber toll. So schnell bekommt man neue Fahrgäste." Mir war damals nicht klar, dass dies ein Ausnahmezustand war, dass man normalerweise durchschnittlich eine halbe Stunde Wartezeit einzuplanen hatte, bis man einen neuen Fahrgast „einladen" konnte.

Im Taxi nahm ich nun den Falk-Plan von Berlin hervor und suchte die Straße. Da es sich um eine kleine versteckt liegende Straße handelte, brauchte ich lange, bis ich sie auf dem Plan gefunden hatte. Meine Finger zitterten schon durch meine innere Unruhe. Somit benötigte ich sicherlich fünf Minuten länger, bevor ich vor der Haustür meines Fahrgastes angelangt war, der über mein langes Ausbleiben ein wenig ungehalten war, musste er doch dringend seine „Maschine" nach München bekommen. Nachdem er am Flughafen am Eingang 5 ausgestiegen war, kam gerade eine Dame mit Koffer und fragte: „Sind Sie frei?" Ich bejahte, lud ihr Gepäck in den Kofferraum und öffnete ihr die Hintertür. „Das geht ja wie am Schnürchen", dachte ich, und ich rechnete mir schon bei der Fahrt zum Kottbusser Tor aus, wieviel Geld ich verdienen werde, wenn das heute so weitergehen würde. Später erzählte ich einem Kollegen über die Erfolge der ersten Nacht und erwähnte auch die Dame am Flugplatz, woraufhin er erwiderte: „Mensch, hast du ein Glück gehabt, dass man dir in der ersten Nacht nicht schon deine Fahrerlaubnis wieder abgenommen hatte!"

„Wieso?" fragte ich.

„Weißt du denn nicht, dass du dich wieder hinten auf der Palette einzureihen hast und erst laden darfst, wenn du als erster vorne auf der Leiste stehst?"

„Das höre ich zum erstenmal", entgegnete ich.

„Du hattest eines der schlimmsten Vergehen im Taxigewerbe begangen. Hätte dich ein Kollege angezeigt, hättest du deinen Taxijob an den Nagel hängen können."

Während meiner Ausbildung war nie über die Taxibestimmungen am Flughafen gesprochen worden, auch darüber nicht, dass man maximal nur vier Fahrgäste einladen durfte. Aber vielleicht hatte ich auch nur beim theoretischen Unterricht gefehlt, als darüber gesprochen worden war.

Auf der Kottbusser Brücke winkte mir später – es war schon Mitternacht geworden – ein angetrunkener Mann zu. Nachdem er eingestiegen war, sagte er: „Hast du Zeit? Ich suche nämlich meine Freundin. Sie mussin irgendeiner Kneipe hängen. Wir müssen sie einfach suchen gehen. Ich geb dir auch ein gutes Trinkgeld." Ich bejahte. Fahrgäste dürfen wir als Taxifahrer grundsätzlich nicht duzen. Jedoch, so ich geduzt werde – meistens von angetrunkenen oder „alternativen" Leuten (und in Berlin duzt man sich eher als in den übrigen Bundesgebieten) –, duze ich zurück.

Nachdem ich schon vor der dritten Kneipe gehalten hatte und er unverrichteter Dinge wieder ins Taxi gestiegen war, sagte er:

„Pass auf. Bevor wir weitersuchen, mussich erstmal was essen. Ich lad´ dich ein. Ist doch ok. mit dir?" Er gab die Kneipe an. Ich fragte, wo sie sich befinde. „Mensch, die kennst du nicht? Die befindet sich auf dem Schiff am Planufer." Nachdem wir dort Wiener Würstchen verspeist hatten, fuhren wir noch einige Kneipen an. Er versuchte wiederholt, mich zu einem Getränk einzuladen. Doch ich wehrte ab. Schließlich fuhren wir zur Wohnung seiner Freundin. Sie war jetzt zu Hause. Und er bezahlte mich großzügig.

In derselben Nacht fuhr ich leer an dem Friedensengel im Tiergarten vorbei, als ich von einer alleinstehenden Frau herbeigewunken wurde. Es war unschwer zu erkennen, welchen Gewerbes sie sich befleißigte. Ich fragte sie, ob sie denn keine Angst habe, so allein im Dunkeln zu stehen, und sie antwortete, dass es eben zu ihrem Geschäft gehöre. Viele Freier kämen, zu denen sie sich in das Auto setze oder auch mit ihnen ins Gebüsch gehe. „Sie glauben nicht, wie viele Männer Orgasmusschwierigkeiten haben. Manche fordern mich auf, sie zu ohrfeigen und sie ‚Schwein‘, ‚Wichser‘, ‚Memme‘, oder sonstdergleichen zu beschimpfen, da sie es ‚aufgeile‘ und sie zum Orgasmus bringe. Manche wollen auch ausgepeitscht werden. Aber die bestelle ich mir woanders hin."

Inzwischen hielten wir vor ihrer Kreuzberger Wohnung, und zum Abschied sagte sie: „Das nächste Mal kannst du mit mir nach oben kommen."

Wie spannend war doch das Taxifahren. Ein Abenteuer reihte sich an das andere. Die Fahrgäste waren
alle nett und waren mir behilflich, den jeweiligen
Fahrweg zu weisen, als ich Ihnen sagte, dass dies
meine erste Nacht als Taxifahrer sei. Es gab reichlich
Trinkgeld. Alle Gäste waren gesprächig. Viel Interessantes erfuhr ich. Und obwohl ich noch große Aufregung und Unsicherheit verspürte, wusste ich doch,
dass ich die richtige Entscheidung mit diesem Beruf
getroffen hatte. Selbst heute nach 15 Jahren freue ich
mich noch auf jedes Wochenende, an dem ich mit dem
Taxi unterwegs sein kann. Doch damals fuhr ich vorerst noch die ganze Woche hindurch. Erst später mit
meinen vielen anderen Vorhaben als Verleger, Reise-
begleiter, Seminarleiter, Therapeut und Autor war es
mir nur noch an Wochenenden möglich, diesem Job
nachzukommen. Doch jene erste Nacht als Taxifahrer
werde ich nie vergessen.

Bei der Notoperation assistiert

An meinem dritten Taxitag stand ich gegen Mitternacht an der Halte „Schlesisches Tor". Zwei aufgeregte Frauen kamen zu dem Taxi vor mir, während sie
einen Schäferhund an der Leine führten, dem ein
Tuch oder Hemd um die Schnauze gebunden worden
war. Sie fragten jenen Taxifahrer etwas, der schien
abzulehnen, denn nicht alle Taxifahrer nehmen
Hunde oder Katzen mit – vielleicht hatten sie schon
schlechte Erfahrungen gemacht. Dann öffneten sie
meine Tür und fragten, ob ich einen Hund mitnehme.

„Na klar!" (Auch heute noch nehme ich bevorzugt Fahrgäste mit Tieren mit.) „Aber der Hund blutet aus der Schnauze. Er muss sofort ins Tierheim Lankwitz und operiert werden."

Eine der Damen nahm vorne Platz, der Hund saß auf dem Rücksitz hinter mir, und sein "Frauchen" hatte neben ihm Platz genommen. Ich wusste, wo die Tierklinik war. Doch während ich noch überlegte, welches der kürzeste Weg sei – denn als Taxifahrer sind wir verpflichtet, den kürzesten Weg zu fahren (- so nicht anders vereinbart, z.B. den „schnellsten" Weg zu nehmen -), fragten sie, was die Fahrt wohl dorthin koste, denn sie hätten als Sozialhilfeempfänger nicht viel Geld, doch die Schnauze des Hundes müsse sofort genäht werden. Ich verstand die Dringlichkeit und erkannte auch ihre Notlage und entgegnete, dass ich Ihnen nur die Hinfahrt berechnen wolle, sie aber umsonst wieder zurückbringen würde.

Sie berichteten mir, dass sie mit dem Hund beim Spaziergehen an einem Bretterzaun vorbeigegangen seien, hinter dem ein Wachhund bellte. Bei einem Bretterloch angekommen, steckte ihr Hund seine Schnauze hindurch, in die jener Wachhund voll hineinbiss. Als ich nach hinten blickte, sah ich, dass die Fensterscheibe blutverschmiert war, da sich der Notverband schon gelöst hatte.

Der diensthabende Notarzt in der Tierklinik, ein Iraner, besah sich die Schnauze und sagte mit bestimmtem Ton: „Wir müssen sofort nähen." Er gab dem Tier, das ich am Halsband hielt, eine Betäubungsspritze, und gemeinsam hoben wir den umgesackten Hund auf den OP-Tisch, wo er noch zitterte. Ich hielt nun seinen Kopf, während der Chirurg sofort mit der Operation begann. Auf Anordnung reichte ich ihm das jeweilige OP-Besteck. An zwei Stellen musste ausgiebig genäht werden.

Den noch in Halbnarkose befindlichen Hund, der seine Augen zeitweise schon wieder geöffnet hatte, trugen wir anschließend in das Taxi zurück, und – wie versprochen – fuhr ich meine Fahrgäste gratis in die Köpenickerstraße zurück, wo ich aufgefordert wurde, mit in ihre Wohnung zu kommen, wollten sie mich doch dort zu einem Kaffee einladen.

Beide Frauen waren mileugeschädigt, um das wenigste zu sagen. Über einen schäbigen Hinterhof ging es in einem verlotterten Hinterhaus drei Treppen hoch. Die Wohnung war einfach ausgestattet wie eine bessere Slumwohnung. Leere Bierflaschen, Kitschbilder an den Wänden, volle Aschenbecher, stickige Luft. Das Herrchen, ein etwa sechzigjähriger Trinker – was unschwer zu erkennen war –, war nach Hause gekommen und hatte sich schon Sorgen gemacht, wo beide Frauen sich mit dem Hund so lange aufhalten könnten. Und während mir der Kaffee vorbereitet und schließlich serviert worden war, wurde mir ein Einblick gewährt in die finanziellen Nöte von Sozialhilfeempfängern. Wer zudem noch süchtig war, lebte am Abgrund der Gesellschaft. Wie konnten sie dann aber noch ein Tier ernähren, wenn sie selbst kaum was zu essen hatten?

Viele alleinstehende Alkoholiker haben ein Tier, meist sogar einen Schäferhund, der sie natürlich auch in die Kneipe begleitet. Solch ein Tier ist für sie oft die einzige „Ersatzperson", da alle früheren Freunde sich von ihnen zurückgezogen haben. Keiner ist ihnen treu geblieben in ihrer Suchtkrankheit. Doch der Hund bewahrt ihnen die Treue, selbst wenn er von seinem Herrchen oder Frauchen im Rausch geschlagen, beschimpft oder mit Essen und Trinkwasser vernachlässigt sein sollte. Am nächsten Tag sah ich erst, dass außer der linken Tür samt Scheibe auch der Rücksitz und die Rückwand des Fahrersitzes blutverschmiert waren. Ich konnte es leicht abwaschen. Aber um einem Tier in Not zu helfen, lasse ich mir jederzeit wieder das Taxi verunreinigen.

Glauben Sie an ein Leben nach dem Tod?

Obwohl zeitweise strikt protestantisch in Internaten erzogen, gehörte ich schon seit langem keiner Glaubensgemeinschaft an, sondern war zu einem eigenen Sucher nach Wahrheit geworden – hatte also einen Weg eingeschlagen, den wir irgendwann, und sei es in 1.000 Jahren, alle einmal gehen müssen. Denn die Wahrheit befindet sich in einem jeden von uns. Jesus: „Das Himmelreich ist in dir.") Wir müssen irgendwann den Mut aufbringen, den Weg zu unserem inneren Allerheiligsten zu gehen, um dort, am Ziel angekommen, der Gottheit ganz persönlich gegenüberzustehen. Ich habe auch schon seit langem nicht mehr das Bedürfnis, jemanden zu irgendetwas zu bekehren. Ich habe meine vielen Erfahrungen in allen Teilen der Welt gemacht und bin auch glücklich, dass meine Zeit als Taxifahrer mir vieles auf dem Gebiet der inneren Offenbarungen geboten hat. Und einiges von dem, was ich durch meine Fahrgäste erfahren durfte, möchte ich gelegentlich in dieses Buch miteinbringen. Der Leser mag solche Mitteilungen abweisen oder über sie nachdenken, ganz wie er will.

Gelegentlich frage ich besonders auf langen Fahrten meinen Fahrgast, ob er oder sie an ein Leben nach dem Tod glaube. Es ist erstaunlich, wie viele mit ‚ja' antworten. Da ich bisher schon Hunderte befragt haben dürfte, würde ich sagen: Vierzig Prozent antworten mit einem klaren ‚ja', dreißig Prozent sind sich darüber im Unklaren, und dreißig Prozent antworten mit einem ‚nein'. Zu denen, die nicht eindeutig darüber Bescheid wissen, gehören viele zu einer der großen christlichen Religionen, die ja die Toten erst am „Jüngsten Tag" in die Hölle oder in den Himmel gehen lassen.

Somit fragte ich auch einmal eine Frau, ob sie an ein Leben nach dem Tod glaube. Und sie entgegnete: „Ich erinnere mich, ich habe letztes Jahr auch schon in Ihrer Taxe gesessen, und Sie haben mir die gleiche Frage gestellt. Es trifft sich gut, dass ich wieder mit Ihnen fahre, denn ich mussIhnen Folgendes berichten.

Vor einigen Wochen ist der Mann meiner besten Freundin verstorben. Ich stand ihr in all der folgenden Zeit mit Trost und Hilfe bei. Und Sie werden es nicht glauben, vor einigen Tagen ist ihr folgendes passiert. Als sie an ihren Mann in Tränen dachte, steht er auf einmal in voller Größe vor ihr. Er lächelt sie liebevoll an und übergibt ihr einen geöffneten Briefbogen. Er selbst löst sich wieder in Nichts auf. Sie hält nun diesen Bogen in der Hand und liest: ‚Mein Liebling, wo ich mich jetzt aufhalte, hätte ich eigentlich nur Freude zu vergegenwärtigen. Doch das einzige, was diese Freude trübt, sind deine Tränen. Bitte, weine nicht mehr. Freue dich mit mir. Wir werden uns wiedersehen. Ich liebe dich

Dein X'"

Und mein Fahrgast fügte noch hinzu: „Wie meine Freundin mir berichtete, hatte sie während des wiederholten Lesens dieses Briefes den Tisch, den Stuhl, die Kommode angefasst, um sich zu vergewissern, dass sie selbst nicht träume oder halluziniere. Wie sie meinte, hätte sie etwa zwanzig Minuten lang diesen Brief in der Hand gehalten, wonach er sich wie von selbst aufgelöst habe. Sie sind der erste, dem ich diese Geschichte erzähle."

Eine Woche später nach jenem soeben erwähnten Erlebnis stellte ich wieder die Frage „Glauben Sie an ein Leben nach dem Tod?" an ein älteres Ehepaar. Da beide mit ‚ja' antworteten, erzählte ich ihnen die oben geschilderte Begebenheit. Ich konnte kaum diesen Bericht zu Ende erzählen, als die Frau ganz aufgebracht dazwischenfuhr:

„Ich muss Ihnen auch etwas erzählen, was ich erlebt habe." Und sie berichtete mir Folgendes:

„1962 war mein Vater gestorben. Er war damals die einzige Bezugsperson in meinem Leben. Ich wollte nicht mehr leben. Ich sah keinen Sinn mehr. Ich wollte ebenfalls sterben. Ich weinte und weinte. Eines Morgens wachte ich auf, dachte an meinen Vater und weinte wieder. Auf einmal stand mein Vater vor mir und sagte: ‚Stöpselchen, weine nicht. Du siehst ja, ich lebe doch noch, ich bin doch gar nicht tot. Doch wo ich jetzt lebe, habe ich neue Aufgaben übernommen, denen ich auch gerne nachkommen möchte. Doch sobald du traurig bist und weinst, ziehst du mich zu dir, und hältst mich somit von meiner Tätigkeit ab. Bitte, weine nicht mehr. Vielmehr freue dich, dass ich nicht tot bin. Und wenn du mich wirklich brauchst, denke an mich und wünsche mich herbei. Ich werde dann kommen und versuchen, Dir zu helfen!'"

Und jene Frau fügte noch hinzu: „Dieses Erlebnis hat mein ganzes Leben verändert. Seitdem weiß ich hundertprozentig, dass es ein Leben nach dem Tod gibt und dass wir unsere geliebten Menschen wiedersehen werden."

Deutschlands berühmteste Filmdiva als mein Fahrgast

An einem Sonnabendnachmittag bekam ich über die Halte „Johann-Georg" den Auftrag, zu einem Filmstudio zu fahren. Dort stieg eine wohl sechzigjährige Dame mit Sonnenbrille ein. Wie ich sah, hielt sie ein Textbuch unterm Arm. Sie nannte als Fahrziel die „Freie Volksbühne", Bühneneingang Meier-Otto-Straße.

Ich fragte sie, ob sie etwa am Wochenende eine Rolle einzustudieren hätte, was sie bejahte.

„Um welches Stück handelt es sich?"

„Fontanes ‚Frau Jenny Treibel'."

„Aber das ist doch ein Roman. Ich wusste gar nicht, dass man es als Theaterstück umgeschrieben hatte."

„Nein, es wird eine Fernsehaufzeichnung."

„Und welche Nebenrolle spielen Sie in jenem Stück?"

„Nein, ich spiele die Hauptrolle."

„Ich sehe zwar so gut wie gar kein Fernsehen. Sind Sie öfter im Fernsehen zu sehen?"

„Ja, hin und wieder."

„Sind Sie etwa Fernsehzuschauern bekannt?"

„Ja, ich bin Maria Schell."

Wer kannte sie nicht? Ich hatte sie im Film mit Curd Jürgens in Hauptmanns ‚Die Ratten' gesehen und auch mit Yules Brunner in Dostojewskis ‚Die Brüder Karamasow'. Außerdem war sie wohl für jeden Deutschen ab einem gewissen Alter ein Begriff, konnte man darüber hinaus gelegentlich in Illustrierten oder Boulevardblättern über sie lesen.

Wie sie mir weiterhin berichtete, drehte sie gerade mit Romy Schneider einen Film ‚Die Spaziergängerin von Sanssouci', in welchem ein Junge mitspielt, der alters- und aussehensmäßig genau ihrem vor kurzem tatsächlich verunglückten Sohn gleicht. Der Tod hatte ihre Filmkollegin dermaßen mitgenommen, dass man schon befürchtete, dass der Film mit ihr nicht zu Ende gedreht werden könnte. Ich fragte sie, ob sie wisse, dass ihre Kollegin Sonja Ziemann lange Zeit mit ihrem verstorbenen Sohn in Kontakt gewesen war, was sie selbst sehr getröstet habe. „Ja, ich weiß davon."

Ich fragte Maria Schell nun direkt, ob sie an ein Leben nach dem Tod glaube. „Ja, selbstverständlich!" war die Antwort. Es ist interessant, wie viele aus dem Schauspielergewerbe offen für solche Fragen sind oder sich gar wie Peter Sellers, Shirley MacLaine und viele andere auch öffentlich dazu bekennen. Durch ihre vielen Begegnungen mit Menschen werden sie für viele Dinge interessiert und lernen auch dadurch leichter, sich von Vorurteilen oder auch von langgehegten Überzeugungen schneller zu lösen und sich für neue Anregungen zu öffnen.

Ich erzählte ihr, dass ich in Amerika anlässlich einer Séance mit einem Tieftrancemedium sogar Geistwesen wie z.B. meine verstorbene Großmutter habe vor mir stehen sehen. Und sie entgegnete: „Ja, ich weiß um diese Dinge. So etwas gibt es."

Beide konnten wir damals noch nicht ahnen, dass Romy Schneider sich bald von dieser Erde trennen würde, um mit ihrem Sohn wieder vereinigt zu sein.

Sogenannte „Zufälle" und „Zugefallenes"

Zu viele Beispiele von mir zu-gefallenen Dingen, die man gewöhnlich als Zufälle bezeichnet, habe ich erleben dürfen, als dass ich noch an Zufälle glauben könnte. Es scheint oft, als ob unsichtbare Kräfte ihre Hand oftmals im Spiele hätten, um Freude an unserer Verblüffung zu haben oder um uns auch etwas zum Nachdenken als Aufgabe stellen zu wollen.

Ich bekam von der Taxi-Halte „Berliner/Blisse" den Funkauftrag: „Berliner 8, eine Arztpraxis". Ich fuhr sogleich los. Der Fahrweg beträgt im Allgemeinen nur zwei Minuten. Doch hatte sich wegen einer Baustelle ein Stau gebildet, sodass ich fünf Minuten benötigte, bis ich am Einstiegsort ankam. Doch schon an der roten Ampel Bundesallee konnte ich gegenüber sehen, dass ein Taxi einer anderen Funkgesellschaft jemanden vor der Nr. 8 einlud. War das mein Fahrgast, der ungeduldig wegen meines verzögernden Ausbleibens einfach eine andere Taxe angehalten hatte? Ich hatte meine Taxometeruhr an der Halte eingestellt. Sie zeigte mittlerweile schon 5,60 Mark. Bis ich nach dem Ampelwechsel auf der anderen Straßenseite angelangt sein würde, werden schon 7 Mark auf der Uhr angegeben sein. Denn wenn mein Fahrgast woanders eingestiegen war, hieß das, dass ich eine „Fehlfahrt" hätte, die ich selbst bezahlen musste.

Als die Ampel auf Grün schaltete, sah ich, wie die andere Taxe auf der Bundesallee in Richtung Stadt davonfuhr. Aber vielleicht handelte es sich ja gar nicht um meinen dort eingestiegenen Fahrgast, vielleicht stand er im Türeingang oder kam noch die Treppe herunter. Per Funk ließ ich mir den Namen der Arztpraxis geben, da in jenem Haus mehrere Ärzte praktizierten. Ich parkte meine Taxe in zweiter Spur direkt vor dem Eingang und klingelte. Es ertönte ein Türsummer. Ich ging die Treppe hoch, klingelte vor der Tür der Arztpraxis, und fragte am Pult der Anmeldung, wer die Taxe bestellt hätte, worauf mir geantwortet wurde, der Fahrgast sei schon vor längerer Zeit hinuntergegangen.

Also war es für mich klar, dass nun mein Fahrgast doch in jene andere Taxe gestiegen war und dass ich nun eine Fehlfahrt zu verbuchen hatte. Es hieß, schnellstens zur Taxe zurückzueilen, um die Uhr, die ja noch weiterlief, abzustellen. Was hatte ich auch für ein Pech, so dachte ich. Denn es handelte sich schon um die 2. Fehlfahrt an diesem Tag. Manchmal hat man ein, zwei, ja drei Wochen überhaupt keine „Fehlfahrt", und dann passiert es gleich zweimal hintereinander, denn eine halbe Stunde zuvor, als ich per Funk einen Auftrag entgegengenommen hatte, die Uhr schon eingestellt war und ich mich schon ein ganzes Stück vom Halteplatz entfernt hatte, bekam ich von der Funkvermittlung die Anweisung, dass der „Kunde" nun doch nicht fahren wolle, ich solle zurückbleiben. Somit war das, was auf der Taxometeruhr schon als Anfahrweg (Einstellgebühr + zurückgelegte Kilometer) angegeben war, als „Fehlfahrt" aus meiner eigenen Tasche zu verbuchen. Und zudem musste ich mich wieder ganz hinten anstellen, und zwar an achter Position, was hieß, dass ich wahrscheinlich eine halbe Stunde zu warten hätte, bis ich wieder vorne war.

Als ich nun zu meinem Taxi zurückgekehrt war und die Uhr ausgestellt hatte, fuhr ich bis zur Ampel vor und sagte zu mir wiederholt: „So ein Pech aber auch heute!" Ich schaute links aus dem Fenster und sah ganz in großen Lettern die Reklame einer Behindertenzubehörfirma mit dem Namen PECH.

Ich fuhr also wieder zur Halte „Blisse/Berlin" zurück und stand nun an sechster Position. Also musste ich wieder länger anstehen. In mir war irgendeine Stimme, die sagte: „Warum stellst du dich hier wieder an und suchst nicht eine andere Taxihalte auf, denn von hier aus hattest du doch schon zweimal hintereinander Pech?" Aber ich nahm wieder mein Buch hervor und las darin.

Endlich erhielt ich einen Funkauftrag „Wilhelmsaue 15". Ich stellte die Uhr ein (heute hat sich diese Praxis geändert, denn die Uhr wird erst am Einstiegsort, wo man den Fahrgast einläd, eingestellt) und brauste dorthin. Ich wartete, dort angekommen, bei laufendem Motor auf meinen Fahrgast. Manchmal handelt es sich dabei um alte oder gehbehinderte Leute, die einige Zeit benötigen, um aus den höher gelegenen Stockwerken die Treppen hinunterzugehen. Manchmal kann der Fahrgast seine Schlüssel nicht finden, obwohl er weiß, dass unten schon die Taxe wartet, oder manchmal handelt es sich um betrunkene Leute, die entweder vergessen haben, dass sie schon eine Taxe bestellt hatten oder dass sie über kein genaues Zeitempfinden für das Hinunterkommen mehr verfügen. In solchen Fällen fragen wir nach einer gewissen Wartezeit über Funk die Zentrale nach dem Namen des Fahrgastes. Nachdem ich den Namen erfahren hatte, stieg ich aus, klingelte und stieg nun die Treppen in den 3. Stock hoch, wo schon eine alte Dame an der einen Spalt weit geöffneten Tür neugierig wartete, wer wohl bei ihr so unerwartet geläutet haben könnte. Ich sagte: „Sind sie Frau Fischer?"

„Ja, das bin ich."

„Ihr Taxi wartet unten."

„Aber ich habe doch für jetzt noch gar kein Taxi bestellt. Ich hatte es doch erst für morgen bestellt."

So hatte sie in ihrer Tüddeligkeit per Telefon nicht genau angegeben, dass sie ja den Wagen erst für den nächsten Tag bestellt haben wollte. Nun hatte ich also die dritte Fehlfahrt hintereinander, und zwar von einer Haltestelle aus. Natürlich war es klar, dass ich jetzt nicht wieder dort hinfahren würde, um mich hintenanzustellen. Ich verstehe nun Tennisspieler, die nicht beim wiederholten Aufschlag denselben Ball nehmen, den sie gerade ins Netz oder über die Außenlinien gedonnert haben. Auf jeden Fall mied ich für eine ganze Anzahl von Wochen jene Haltestelle. Ich war anschließend zur Haltestelle am Bayrischen Platz gefahren. Und gegenüber der Nummer 8 in der Berliner Straße musste ich bremsen, weil dort unerwartet ein Hund über die Straße lief. Ich schaute ihm nach und meine Augen blieben wieder an der Leuchtreklame PECH hängen. Ich hatte also soeben eine Pechsträhne gehabt. Und wollte man nach der Wahrscheinlichkeitsrechnung diese ausrechnen, so dürfte es sich um ein Verhältnis von 1 zu einer Trillionen handeln, dass mir drei Fehlfahrten hintereinander von der gleichen Haltestelle aus passieren mussten.

Der Bettler als Glücksbringer

Ich möchte noch weiter beim Thema Zufall oder Zugefallenes zu bleiben. Einmal fuhr ich ein Ehepaar in die Marbacher Straße in Wilmersdorf, eine kleine Straße, zu der mich die Fahrgäste erst hindirigieren mussten, also eine Straße, die ich zuvor noch nie aufgesucht hatte und aller Wahrscheinlichkeit auch für den Rest meiner Taxifahrzeit nie mehr anfahren würde. Nachdem ich die Herrschaften vor ihrer Haustür abgesetzt hatte, fuhr ich über die Autobahn zum Busbahnhof, da von dort gemeldet worden war, dass Fahrgäste auf leere Taxen warteten. Ich lud dort eine „Partie mit Koffern" ein und als Fahrziel wurde „Marbacher Straße" genannt. Natürlich waren jene Fahrgäste erstaunt, dass ihr Taxifahrer genau wusste, wo sich diese Straße befand, denn, wie sie sagten, hätten sie noch nie einen so kundigen Taxifahrer gehabt.

Auf einem Ferienausflug nach Gran Canaria freundete ich mich mit einem jungen Berliner Taxifahrer namens Bernhard an. Wir tauschten Adressen aus mit dem Vorhaben, uns gegenseitig in Berlin aufzusuchen.

Eine Woche später befand ich mich mit meiner Taxe an der Taxi-Haltestelle „Alt Lichtenrade" und erhielt über den Funk den Auftrag, zu einem Lokal am Mariendorfer Damm zu fahren. Dort angekommen, stieg ich aus, denn aus Lokalen holen wir die Fahrgäste selber ab, hat die Erfahrung doch gezeigt, dass viele dieser Fahrgäste, wenn sie vor der Tür warten, die nächste leere Taxe herbeiwinken und einsteigen.

Ich fragte den Wirt, wer von den Herrschaften durch ihn ein Taxi bestellt habe, und er wies auf einen jungen Mann, der mit den Blicken uns abgewandt an einem Tisch mit Gleichaltrigen saß. Dieser auf den Ruf des Wirtes hin: „Ihr Taxi ist da!" drehte sich um, und vor mir stand Bernhard. Wir umarmten uns über dieses unverhoffte und so bald stattfindende Wiedersehen. Im Taxi mit dem Fahrziel „Maybachufer" versicherte er mir, dass er, der heute einen taxifreien Tag hatte, seit zig Jahren zum erstenmal ein Taxi bestellt habe, da er sich mit ehemaligen Klassenkameraden in jenem Lokal getroffen hatte, jetzt aber einer Verabredung mit seiner Freundin nachzukommen habe, dort aber nicht verspätet erscheinen wolle.

Manchmal hat man Glücks- und manchmal Pechtage. Einmal hatte ich an einem Tag vierzehn mir an der Straße zuwinkende Einzelfahrgäste „einladen" können. Doch manchmal will nichts gelingen. Man steht eine Stunde am Halteplatz, erhält einen Auftrag durch Funk oder Säule, oder es steigt jemand zu, und die Fahrt geht „nur" um die Ecke. Also steht man vielleicht wieder eine ganze Stunde an, bis man den nächsten Auftrag erhält, und wieder erhält man eine kurze Fahrt. Und so weiter. Solche „Pechtage" sind von Taxifahrern gefürchtet. Und solche, die über ein eigenes Taxi verfügen, nehmen solch ein Omen als Hinweis, für heute den Taxitag zu beschließen und nach Hause zu fahren. Es ist eben nicht „ihr" Tag. Angestellte „Schichtfahrer" jedoch „müssen" auch weiterhin ihre Zeit abfahren, ob Pechtag oder nicht.

Die Samstagnachmittage sind als Stehzeiten gefürchtet, besonders wenn im Sommer die Sonne direkt aufs oder ins Taxi sticht. Während dieser Zeit fährt kaum jemand Taxi und in der Innenstadt, nachdem die Kaufhäuser geschlossen haben, regt sich kaum etwas.

Ich stehe an der „Kranzler-Halte" (Ecke Kurfürstendamm/Joachimstalerstraße) in brütender Hitze irgendwo mit meiner Taxe in der lange Taxischlange mittendrin. Gottseidank gibt es dort einen Eisverkäufer. Auf dem Weg zu diesem komme ich an einem Bettler vorbei, der vor sich ein Schild aufgestellt hat: „Ich habe Hunger." Ich kaufe ihm ebenfalls ein Eis und setze mich wieder in die Hitze des Wagens. Nach einer weiteren halben Stunde bin ich mit meiner Taxe nur um zwei Positionen weiter nach vorne gerückt, stehe aber nun an dritter Stelle. Ich habe Hunger. Ich steige aus, öffne hinten die Heckklappe und packe eine Stulle aus. Mein Blick fällt wiederum auf jenen Bettler, der genau auf Taxihöhe vor dem Fensterladen sitzt. Ich packe eine andere Stulle aus zusätzlich einen Saft im Plastikbehälter, gehe zu ihm hinüber und reiche beides dem dankbar Erfreuten.

Endlich bin ich „erster". Bald werde ich einen „Fahrgast" erhalten. Und schon naht sich ein Mann mit Sonnenbrille mittleren Alters, steigt hinten ein und gibt als Fahrziel „Bahnhofstraße Lichtenrade" an. Ich bin sehr erfreut, an einem solch tristen Nachmittag so eine weite „Fuhre" zu bekommen. Nun beginnt er zu sprechen: „Ich hatte Sie vorhin beobachtet, wie sie dem Bettler ein Butterbrot und ein Getränk gereicht hatten. Ich sagte mir: ‚Mit diesem Taxifahrer will ich fahren, er soll die weite Fuhre bekommen.'"

Natürlich unterhielten wir uns während der Fahrt in angenehmster Weise. Nachdem er ausgestiegen war – m it besonderem Trinkgeld –, stehe ich als einziger meiner Funkzentrale an der Taxihalte „Bahnhof Lichtenrade". Mittlerweile gibt es fünf Taxi-Funkgesellschaften. Die meisten Taxen gehören einer dieser Funkgesellschaften an, da ihnen dadurch besonders nachts mehr Fahrten vermittelt werden können. Viele Fahrer, die eine eigene Taxe betreiben und meist nur am Tage fahren, sind keinem Taxifunk angeschlossen, sparen sich also die monatlichen Beitragsgebühren. Bei jeder Taxe, die einer Funkgesellschaft zugehört, wird, diese Zugehörigkeit durch ein Zeichen oben an der Windschutzscheibe und ebenfalls oben an der Heckscheibe gekennzeichnet, was für die Kollegen derselben Funkgesellschaft leicht zu erblicken ist, denn wenn noch einer von „uns" vor mir steht, kann ich mein Funkgerät abgestellt lassen, da ja mein Vordermann mit einem Funkauftrag zuerst bedient wird. Somit kann der Dahinterstehende von Funkdurchgaben unbelästigt Radio hören oder lesen.

Obwohl ich also an dritter Position stehe, bin ich jedoch dort der einzige meiner Funkgesellschaft und erhalte sogleich nach dem Ausruf: „Eine Telefonzelle Schichauweg/Wünsdorfer Straße" den Zuschlag, da sich kein anderer Kollege näher bei der Telephonzelle befindet als ich. Der Kollege von der Funkzentrale wünscht mir noch gute Fahrt, was versteckt bedeutet, dass es sich um eine weite Fahrt handelt, wie er schon von dem Telefonierenden in Erfahrung bringen konnte.

Dort angekommen, steigen zwei Männer zwischen dreißig und vierzig ein, und, wie es sich herausstellt, sind sie Sportreporter. Und der eine sagt: „Wir müssen zuerst in die Rheinstraße nach Friedenau. Dort hole ich nur neues Filmmaterial. Dann bringen wir meinen Kollegen nach Zehlendorf und fahren anschließend über die Avus zum Olympiastadion." Hatte ich ein Glück! An diesem heißen Sommersamstagnachmittag drei lange Fahrten als eine Fahrt, nachdem ich schon die vorherige lange Fahrt zurückgelegt hatte. Für einen Taxifahrer sind das „Traumaufträge", und sie passieren vielleicht nur einmal im Jahr.

Als jener Reporter am Olympiastadion ausgestiegen ist, fahre ich in Richtung Steubenplatz, um mich dort an der Taxihalte anzustellen. Aber ein älteres Ehepaar winkt mir in der Olympischen Straße zu. Bei mir in der Taxe Platz genommen, geben sie als Fahrziel „Lichterfelde-Süd, Müllerstraße" an. Wieder eine sehr lange Strecke. Ich kann mein Glück nicht fassen. In zwei Stunden an einem sonst „lausigen" Sonnabendnachmittag hatte ich jenen Umsatz eingefahren, zu welchem ich normalerweise sechs Stunden Arbeitszeit benötigt hätte. Und alles hatte ich jenem Bettler vor dem Café Kranzler zu verdanken.

An diesem Tag habe ich einen jener weisen und weisenden Kernsätze verstanden, der besagt: „Was du einem anderen gibst, kehrt zu dir in doppelter oder sogar in mehrfacher Weise zurück."

Warum ich aber an einem anderen Taxitag solch einen großen Verlust "einfahren" sollte, habe ich nicht herausfinden können, obwohl ich weiß, dass alles seinen Grund und damit auch seine Richtigkeit hat.

Die einen „Fehlschlag" verkündende Tarotkarte

Ich persönlich komme kaum auf den Gedanken, Tarotkarten zu benutzen, um den Ausgang eines bevorstehenden Ereignisses zu erfahren. Jedoch hatte meine damalige Partnerin ihre Alister-Crowley-Tarotkarten auf dem Tisch ausgebreitet, um bestimmte Fragen beantwortet zu bekommen. Plötzlich wurde ich innerlich gedrängt, zu fragen, wie wohl mein heutiger Taxitag ausfallen würde. Zur Beantwortung dieser Frage schloss ich meine Augen, ließ meine linke Hand über die ausgelegten Karten allmählich sich nach unten bewegen, bis der mittlere Finger eine Karte berührte. Ich wendete sie um. Sie verkündete also mir, dass ich heute mit einem Fehlschlag zu rechnen hätte, dass also mir irgend etwas Unerwünschtes passieren würde. Wenn ich also abergläubisch wie der wissende Goethe gewesen wäre, hätte ich an diesem Tag die Taxe stehen lassen. Doch war ich neugierig, wie dieser Fehlschlag – wenn er überhaupt eintreffen sollte – aussehen könnte. Sollte ich in einen Unfall verwickelt werden, oder sollte ich aus all dem lernen, dass, indem sich nichts Nachteiliges ereignen würde, man auf all diesen Karten-Zauber nichts geben dürfte und sich von solchen Voraussagen auch nicht beeinträchtigen lassen sollte?

Doch der ganze Taxiabend verlief, ohne dass irgendetwas Negatives passiert war.

Um halb zwei nachts winkten mir zwei Männer vor dem Asylantenheim in der Marienfelder Allee zu. Vor drei Monaten war die Berliner Mauer gefallen, und besonders viele Asylanten überschwemmten Berlin. Der wortführende und nur gebrochenes Deutsch redende Mann war Pole, während sein ihn begleitender ebenfalls alkoholisierter Freund aus dem östlichen Teil Deutschlands stammte. Als Zielort war der „Perelsplatz" in Wilmersdorf angegeben.

Dort angekommen stellte ich die Uhr auf „Kasse" und nannte den zu zahlenden Fahrpreis von 19 Mark. Der Pole sagte, er gehe eben zu seiner Frau hinauf, um das Geld zu holen, während der Deutsche in dem Taxi sitzen blieb. Wir warteten fünfzehn Minuten in der Taxe, die Uhr hatte ich ja leider schon auf „Kasse" gestellt, sodass diese Wartezeit nicht mehr zum Fahrpreis addiert werden konnte. Natürlich war ich in der Zwischenzeit schon an der Tür gewesen, um vergeblich zu klingeln. Der Deutsche versicherte mir, dass sein Freund bestimmt gleich wieder zurückkehre.

Endlich kam er mit zwei vollen „Türkenkoffern" (Plastiktüten) aus der Haustür und sagte, dass er jetzt wieder nach Marienfelde zurückfahren wolle. Irgendeine Stimme in mir ermahnte mich zu fragen, ob er denn überhaupt Geld habe. Vertrauensselig gab er mir auf meine Frage hin zu verstehen, dass das kein Problem für ihn sei. Und wieder ermahnte mich die innere Stimme: „Lass es dir zeigen." Doch ich drang nicht weiter in den Polen, war er doch ein netter Kerl, dem ich volles Vertrauen schenkte.

Ich hatte die Uhr erneut wieder eingestellt und fuhr die beiden zum Ausgangsort zurück. Nun verlangte ich also die Taxifahrtgebühr von zweimal 19 Mark. Der Pole kramte in seinen Taschen nach, aber er konnte nichts finden. Ich erinnerte ihn daran, dass er mir doch versichert habe, über genügend Geld zu verfügen. Er entgegnete daraufhin, dass er der festen Überzeugung gewesen sei, genügend Geld bei sich gehabt zu haben. Nun zog er seine schäbige Kunstlederjacke aus und reichte sie mir als Bezahlung. Ich lehnte ab und bat über Funk die Zentrale, die Polizei zu schicken. Hätte ich doch nur die 38 Mark „in den Wind geschossen" und wäre gleich wieder abgefahren.

Also warteten wir zu dritt zwanzig Minuten lang, bis endlich die Polizei angekommen war. Ich schilderte den Beamten die Situation, und einer der beiden nahm mich beiseite und sagte: „Wie können nur die Personalien aufnehmen. Dann müssen Sie den Verlust einklagen. Das ist mit Antragausfüllungen und Wartezeiten verbunden. Und ob Sie je einen Pfennig wiederbekommen, ist – wie ich die Lage einschätze – sowieso fraglich. Sie hätten also nur Mühe und Ärger." Nachdem die Polizisten wieder weitergefahren waren, versicherte mir der Pole, dass seine Frau am Perlesplatz genug Geld habe, was er ganz genau wisse. Wenn ich ihn jetzt wieder dorthin zurückführe, werde er mir für alle drei Fahrten zusammen 60 Mark bezahlen. Mich amüsierte inzwischen schon die ganze Situation, denn mir war ganz klar, was wohl die Tarotkarte vorausgekündigt hatte. Ich hatte also jetzt schon anderthalb Stunden an Taxifahrzeit eingebüßt, ohne einen Pfennig kassiert zu haben.

Da ich sowieso meinen Taxifahrtag zu beenden vorhatte und den Wagen nach Halensee zurückzubringen hatte, ließ ich die beiden einsteigen, denn der Perlesplatz lag ja genau auf meinem Weg, und vielleicht – ja vielleicht erhielt ich ja wirklich die angekündigten 60 Mark. Und wenn nicht – nun ja, ich hatte mich ja damit schon abgefunden, dass die Tarotkarte Recht behalten könnte.

Schließlich hielten wir wieder am Perlesplatz. Da die Haustür wieder verschlossen war, rief der Pole jemanden durch die Sprechanlage nach unten. Ein Mann in Hosenträgern öffnete ihm. Inzwischen verzehrten der Deutsche und ich meinen nun ausgepackten Kuchen und tranken eine Cola dazu, denn mich erheiterte die ganze Geschichte immer mehr. Nach fünfzehn Minuten erschien nun jener barfüßige Mann mit freiem Oberkörper und Hosenträgern (es herrschten Minustemperaturen) – er war ebenfalls betrunken – und wollte mir wieder jene Kunstlederjacke seines Landsmannes als Bezahlung in die Hände drücken, nachdem er nach dem Fahrpreis gefragt hatte. Rechtmäßig, wenn die Uhr die ganze Zeit über gelaufen wäre, würden mir jetzt weit über 100 Mark zustehen. Als ich die Jacke zurückwies, schnaubte und zitterte er. Ich hatte für einen Augenblick die Befürchtung, dass er das Auto vor Wut einschlagen würde.

Schließlich verschwand er wieder im Hauseingang. Ich nahm mir vor, nur noch fünf Minuten zu warten, denn dann hatte ich genau zwei Stunden mit diesem Abenteuer verbracht. Doch als ich den Deutschen, der die ganze Zeit wortkarg war und eigentlich nur über den gutschmeckenden Kuchen eine kurze Bemerkung machte, bitten wollte, auszusteigen, da ich unverrichteter Dinge nun endlich davonfahren wollte, kehrte der Hosenträgermann wieder aus der Haustür zurück, versuchte mir nochmals die Kunstlederjacke aufzuschwätzen, entschuldigte sich, dass er kein Geld habe und wollte mir nun seinen Ausweis als Pfand geben, den ich am Montag gegen die sechzig Mark zurücktauschen könne. Ich wies jedoch dieses Angebot zurück und deutete auf seine Telephonkarte, die er mir als Bezahlung geben könne, womit ich mich begnügen werde. (Später stellte sich heraus, dass damit nur noch für 9 Mark zu telephonieren gewesen war.) Der Pole entschuldigte sich noch vielmals für all die Umstände, die sein Kollege mir bereitet hatte. Ich verabschiedete mich auch von dem stummen Deutschen und brachte die Taxe zurück nach Halensee, wo ich sie abstellte und mit meinem eigenen Wagen nach Haus in Tempelhof fuhr.

Meine Partnerin war noch wach. Ich erzählte ihr, was mir als "Fehlschlag" passiert war. Und sie fragte mich: „Und was solltest du aus dieser ganzen Geschichte lernen?" Ich war zu müde, um nach einer Antwort zu suchen, und sie antwortete selbst: „Dass du auf deine innere Stimme hören sollst! Du hättest dir unbedingt das Geld zeigen lassen sollen. Du solltest heute eine Lektion ‚von oben' bekommen. Nur aus diesem Grunde wurdest du dazu angehalten, jene Tarotkarte zu ziehen. Wenn du das, was dir vermittelt werden sollte, voll eingesehen hast, dann kannst du diesen Fehlschlag als ein Glücksereignis ansehen, da es dich zu einer höheren Einsicht geführt hatte, die mehr wert ist als jene verlorenen Geldscheine."

Was sollte ich daraufhin noch sagen. Sie hatte sicherlich Recht.

Schwarze Magie am Nazigrab

Eben an jenem Taxitag, den ich soeben beschrieben habe, hatte ich am frühen Abend ein interessantes Gespräch mit einer etwa dreißigjährigen Frau, deren Eltern, wie sie sagte, Zeugen Jehovas seien.

„Als ich sechzehn Jahre alt war, lernten meine Freundin und ich zwei schwarzgekleidete Neo-Nazis

samt ihrer ebenfalls in schwarzem Lederoutfit geklei-
deten Freundin kennen. Sie erzählten uns, dass sie mit
Toten durch ihre Freundin in Verbindung treten
könnten. Das sei eine aufregende Sache, aber natürlich nichts für so ‚sanfte Häschen' wie uns beide, denn
alles geschehe nachts auf dem Friedhof. Wir beide
hätten doch viel zuviel Angst, bei solch einer Zeremo-
nie und Geisterkommunikation dabeizusein.

Wir aber wollten uns auf keinen Fall als Angstha-
sen bezeichnen lassen und sagten zu, dass sie uns wissen lassen sollten, wann wieder mal solch eine ge-
spensterhafte Friedhofszeremonie stattfinden sollte.

Am folgenden Totensonntag holten sie uns ab. Es
war kurz vor Mitternacht, als wir uns am Grab eines
Nazi-Großen einfanden, dessen Namen ich schon wieder vergessen habe. Wir sollten uns alle nackt auszie-
hen, was wir trotz der Kälte schließlich taten. Dann
sollten wir einstimmen bei der Herbeizitierung jenes
vorstorbenen Nazis. Eine Flasche wurde reihum gereicht. Doch befand sich darin nicht, wie ich dachte,
Alkohol, sondern Blut, das jene beiden Neonazis auch
über unseren Körper schütteten. Dann umfassten sie
unsere Leiber, um es abzulecken. Schließlich wollten
sie ihren Schwanz in uns stecken, doch uns beiden gelang es, unsere Sachen zu greifen und Reißaus zu nehmen. Ich lass mich auf jeden Fall auf solche Gespens-
tersachen nie wieder ein."

Ich stimmte ihr zu, dass Schwarze Magie höchst gefährlich sei und man letzten Endes immer der Geschä-
digte wäre. Vor allem sollten sich Jugendliche nie mit
solchen Dingen abgeben, denn sie könnten ja noch gar

nicht ermessen, in welche Gefahren sie sich hineinbegeben würden. Und ich erzählte ihr von einer jungen Frau, die mir in der Taxe geschildert hatte, wie sie als Teenager mit gleichaltrigen das ,Gläserrücken' ausprobieren wollte und auf einmal der Tisch von allein durch den ganzen Raum geglitten sei, was sie alle in fürchterliches Entsetzen gestürzt habe.

Ich erzählte ihr von meinen positiven eigenen Erfahrungen hinsichtlich Kommunikation mit der Geisterwelt, dass man sich auf jeden Fall vorher durch Gebet und Lichteinhüllung zu schützen habe und dann auch die sich verkündenden Geister zu fragen habe – wie der Apostel Paulus es den Christengemeinden geboten habe –, ob sie ´von Gott´ seien, beziehungsweise sich zu Gott bekennen würden.

Der verstorbene Vater als Heuschrecke

Über mir in dem Taxi berichtete Geistererscheinungen werde ich sicherlich noch häufiger berichten. Doch bei dem Stichwort ,Friedhof' fällt mir ein Blatt mit Aufzeichnungen vom 26.3.1988 in die Hände, auf welchem zwei Gespräche wiedergegeben sind.

Wenn ich also die Eingebung habe, meine Fahrgäste zu fragen, ob sie an ein Leben nach dem Tod glauben, so erzähle ich ihnen zur Einstimmung oft jenes Erlebnis, dass die berühmteste Medizinerin der Welt, Frau Prof. Dr. med. Elisabeth Kübler-Ross (übrigens auch einer meiner Fahrgäste) in ihrem Buch

„Über den Tod und das Leben danach" (ich halte dieses Buch für eines der wichtigsten unserer Zeit) erzählte.

Als sie an der Universität von Chicago lehrte, jedoch Zwistigkeit mit einem Theologen hatte, wollte sie ihre Lehrtätigkeit dort aufgeben. Auf einmal kam in dem Universitätsgebäude eine Frau auf sie zu und fragte sie, ob sie für einen Augenblick zu sprechen sei. Frau Kübler-Ross bejahte, und sie gingen gemeinsam zu ihrem Arbeitszimmer. „Diese Frau kenne ich doch", so durchfuhr es die Ärztin. „Das ist doch Frau Schwarz, meine Patientin, die vor neun Monaten gestorben ist."

In ihrem Arbeitszimmer angekommen, sagte die Ärztin: „Aber sind Sie nicht...?"

„Jawohl, ich bin Frau Schwarz."

„Aber Sie sind doch gestorben?"

„Sie sehen ja, ich lebe, ich bin nicht tot. Frau Doktor, ich bin aus zwei Gründen zu Ihnen gekommen. Einmal wollte ich mich bedanken für Ihre Hilfe, die sie mir zukommen ließen, und zweitens bin ich gekommen, um Sie zu bitten, Ihre Arbeit hier an der Universität nicht niederzulegen."

Und Elisabeth Kübler-Ross dachte: „Das kann doch nicht sein. So viele von meinen sterbenden Patienten haben kurz vor ihrem Tod behauptet, dass Verstorbene sie abholen. Soll etwa ich jetzt ebenfalls sterben? Wenn ich das irgendjemandem erzähle, was ich jetzt erlebe, wird das mir keiner glauben. Ich muss ein Beweisstück haben." Und laut sagte sie zu Frau Schwarz: „Sie erinnern sich doch noch an jenen Pfarrer, der sich so nett um Sie gekümmert hatte. Können Sie ihm nicht ein paar Zeilen auf diesen Zettel schreiben? Er würde sich doch bestimmt über Ihre Grüße freuen."

„Ja, sehr gern," war die Antwort. Frau Schwarz schrieb ein paar Zeilen auf und reichte sie der Ärztin zurück, indem sie sagte: „Frau Doktor, versprechen Sie mir, dass Sie noch hierbleiben und Ihre Tätigkeit fortführen?" Und die Ärztin gab das Versprechen. Frau Schwarz wandte sich um, ging zur Tür und war auf einmal verschwunden.

Frau Kübler-Ross saß an ihrem Schreibtisch und dachte: „Das kann doch wohl nicht wahr sein? Ich bin überarbeitet. Ich halluziniere schon. Ich benötige dringend Ferien." Und sie erhob sich, um auf dem Flur nachzusehen, ob die Erscheinung noch dort zu finden sei. Doch niemand war zu sehen. Sie kehrte zum Schreibtisch zurück: „War das alles nur eine Halluzination? Aber nein. Hier ist ja der Zettel mit den Grüßen an den Pastor." Sie fertigte schließlich eine Kopie von dieser Geisterhandschrift an, schickte sie an jenen Pastor mit der Bitte, zur Familie der Verstorbenen zu gehen, um diese Schriftzüge mit derjenigen von Frau Schwarz zu vergleichen. Wenig später teilt der Pastor ihr mit, dass es sich um die gleiche Handschrift handele.

Nachdem ich dieses Erlebnis der Ärztin als Einstimmung für ein weiteres Gespräch vorweggeschickt habe (und ich habe es Hunderte von Malen in der Taxe erzählt), öffnen sich viele meiner Fahrgäste und beginnen – manchmal zum erstenmal in ihrem Leben – mir ihre diesbezüglichen Geheimnisse zu offenbaren. Nun aber zurück zum 26.3.1988.

Mein Fahrgast ist eine etwa fünfzigjährige Frau aus Düsseldorf. Sie erzählt mir, dass ihre Freundin nach dem Tod ihres Mannes täglich auf den Friedhof ging, um dort zu trauern und ‚mit ihm zusammen zu sein.' Eines Tages jedoch erscheint ihr Mann vor ihr auf dem Friedhof und gibt ihr telepatisch zu verstehen – denn sie hörte diese Worte ganz deutlich in sich: „Bitte, komme nicht mehr zu meinem Grab, denn ich finde sonst keine Ruhe mehr."

Ein paar Stunden später berichtete mir eine Frau, Flüchtling aus Ostpreußen, folgendes: „Mein Vater war schon von seiner Krankheit gezeichnet. Wir saßen alle bei Tisch – ich war noch ein Mädchen von sechs Jahren –, als er im Spaß wohl sagte: „Wenn ich tot bin, komme ich als Heuschrecke wieder zu euch." Kurz darauf ist unser Vater gestorben.

„Ein Jahr später, wir befanden uns auf der Flucht in den Westen, warteten wir auf einem Bahnhof auf den Zug. Auf einmal erblickten wir, dass sich eine Heuschrecke auf den Blusenkragen meiner Mutter niedergelassen hatte. Diese Heuschrecke blieb dort auch die ganzen sechs bis sieben Stunden unbeweglich während der Zugfahrt sitzen. Als wir ausgestiegen waren, hüpfte sie davon. Und mein jüngerer Bruder sagte zu unserer Mutter: ‚Gell, das war Papa?'"

Als Reinkarnationsexperte und Rückführungstherapeut – als welcher ich auch schon öfter im Fernsehen aufgetreten bin (z. B. in ‚SCHREINEMAKERS LIVE' oder in Ulrich Meiers ‚EINSPRUCH') – kann ich mit Sicherheit sagen, dass wir uns nicht in ein Tier zurückverwandeln, sondern uns kontinuierlich von einem Erdenleben ins andere weiterhin fortentwickeln, bis wir nach vielen Leben in unserem Denken und Fühlen ganz Liebe geworden sind. Dann haben wir den Zyklus unserer Reinkarnationen beendet.

Doch ist es sehr oft möglich, dass Verstorbene Tiere beeinflussen können, sich so oder so zu verhalten, um den verbliebenen Verwandten ein Erkennungszeichen zu geben. Eine Katze kann sich zum Beispiel am Geburtstag des verstorbenen "Herrchens" den ganzen oder halben Tag lang genau vor dessen Bild auf die Kommode setzen, was sie sonst das ganze Jahr über nicht tut. Oder – wie im vorliegenden Fall – dirigierte der verstorbene Vater jene Heuschrecke auf den Blusenkragen seiner Frau, um der Familie dadurch mitzuteilen, dass er bei ihr ist.

An dieser Stelle möchte ich noch eine Geschichte einfügen, die eine liebe Bekannte mit einem Taxifahrer erlebt hatte. Sie fuhr mit ihrem schwer erkrankten Mann fast täglich vom Kurfürstendamm zum Klinikum Steglitz. Und manchmal ergab es sich, dass derselbe Taxifahrer sie dorthin fuhr. Als ihr Mann verstorben war, traf es sich, dass jener Herr sie zufällig wieder einmal als Fahrgast fuhr. Ihm erzählte sie nun über das Hinscheiden ihres Mannes. Der Taxifahrer berichtete seinerseits, dass sein Sohn schwer erkrankt sei. Nach wiederum einigen Wochen fuhr jener Taxifahrer sie „zufällig" wieder und berichtete ihr, dass sein Sohn nun gestorben sei und dass er und seine Frau, die dessen Tod noch gar nicht recht fassen könne, jeden Nachmittag zu seinem Grabe gingen. Und meine Bekannte erklärte ihm, dass es doch in Wirklichkeit keinen Tod gebe, dass wir vielmehr nach dem Sterben unsere nicht mehr brauchbare „Hülle", also den Erdenkörper, ablegen. Sie wolle ihm, so versprach sie ihm, ein Buch zuschicken (Jutta Nagel „Joachims Wiederkehr"), in welchem die Mutter den verstorbenen Sohn plötzlich voll materialisiert vor sich stehen sieht, der ihr Blumen auf den Kopf legt und sagt, dass er sehr glücklich sei, da er als Gärtner in dem Garten des Herren tätig sein dürfe. Der Taxifahrer gab meiner Bekannten seinen Namen und seine Adresse.

Nach einigen Monaten entschloss sich jene Frau, wieder einmal wegen eines Arzttermines ein Taxi zu nehmen. Als sie zur „Ku-Damm-Schlüter-Halte" ging, entdeckte sie jenen Herrn Sturm in seiner dort eingereihten Taxe. Obwohl nicht als erster Wagen dort stehend, stieg sie bei ihm ein, und die Kollegen machten Platz, um seine Taxe ausscheren zu lassen. Und Herr Sturm sagte: „Wie gut, dass ich Sie treffe. Nun weiß ich, dass mein Sohn lebt!" Er habe, so berichtete er nun, hinter seinem Steuer gesessen und zu seinem Sohn gefleht: „Wenn du denn wirklich lebst, so gib mir doch bitte ein Zeichen!" Am Nachmittag fuhren er und seine Frau wie üblich zum Friedhof. Plötzlich sahen sie auf einem Baumast oberhalb des Grabes eine Amsel, die zweimal hintereinander den schwierigen Familienpfiff ertönen ließ, den er früher seinem Sohn beigebracht hatte und den nur er und sein Sohn beherrscht hatten. Meine Bekannte war von diesem Bericht so bewegt, dass sie ihn und seine Frau zu sich einladen wollte. Herr Sturm sagte erfreut zu, habe aber zuvor noch eine Kur anzutreten.

Doch es vergingen Monate, ohne dass Herr Sturm sie anrief, um seinen Besuch anzukündigen. Um zu einer Einladung pünktlich zu erscheinen, nahm sie wieder einmal ein Taxi. Jener Taxifahrer erkundigte sich nach ihrem Mann. „Mein Mann ist leider verstorben. Hatten Sie uns denn auch gefahren? Meistens fuhr uns ein Herr Sturm." Er antwortete: „Herr Sturm wird Sie nie wieder fahren. Er ist ebenfalls gestorben."

Für jene Leser, die ich mit solchen Taxigeschichten langweilen könnte, mache ich sogleich eine Wende um 180 Grad und berichte etwas aus dem Nacht – bzw. Nacktleben der Stadt.

Berlin als El Dorado der Lust

Der Westteil Berlins hat sich auch schon vor der „Wende" als freie Stadt gefühlt, was nicht nur als politisches Aushängeschild anzusehen war, sondern auch in sozialer Hinsicht seine Gültigkeit hatte. In einer Großstadt – anders als in einer Provinzstadt oder gar auf dem Lande – kann jeder Homosexuelle mit seiner Lebens – und Empfindungsart anonym bleiben und sich sogar „frei" dazu bekennen, da es so viele seines oder ihres gleichen gibt. Hier existiert viel weniger Herumgetratsche als anderswo, hier kann man „untertauchen" und auch viel freier seinen sexuellen Gelüsten nachkommen. Hunderte von Prostituierten in Dutzenden von Nachtlokalen sind gegen Bezahlung willens, jeden Wunsch zu erfüllen. Hunderte von Freudenmädchen aus den verschiedensten Ländern kann man durch Telephonat zu sich bestellen, an mehreren Straßen wie am Kurfürstendamm sprechen sich feilbietende Damen die Herren an, es gibt Lokale nur für „Schwule" oder nur für „Lesben" – kurzum, für viele ist Berlin das El Dorado der Lust.

So liegt es auf der Hand, dass besonders nachts ein Großteil der Fahrgäste aus diesem freudenspenden-den Milieu stammt oder dieses aufzusuchen begehrt. Und von einem Taxifahrer erwartet man, dass er sich auskennt und Nichteinheimischen genau die richti-gen Auskünfte erteilt, die den jeweiligen Interessen entsprechen.

Und hin und wieder steigt ein Mann ein und bittet mich, zu den verschiedenen Puffs zu fahren, da nach der Besichtigung einiger er sich dann erst für den er-wählten zwecks eines intensiveren Aufenthalts ent-scheiden wolle. Manchmal habe ich solch einen Mann hineinbegleitet, um dieses Milieu auch von innen ken-nenzulernen, um „wissender" Auskunft erteilen zu können. So stieg einmal ein Mann ein, der sagte: „Ich suche eine ganz Dicke." Aber so viele Puffs wir in Mo-abit und Charlottenburg auch aufsuchten, keine war ihm dick genug, obwohl er bei einer in der Kaiserin-Augusta-Straße beinahe schon seine Entscheidung getroffen hätte. Diesen Unentschlossenen setzte ich schließlich am Stuttgarter Platz wieder ab, hoffte er dort bei dem massiven Angebot an einschlägigen Nachtfalterlokalen doch noch die Richtige zu finden.

An einem Wochentag um halb drei nachmittags fragt eine Taxifahrerin durch unseren Funk: „Wer spricht englisch und kann zwei Schweden überneh-men. Die wollen was erleben. Ich kenne mich da nicht so aus."

Ich melde mich von der Halte „Schlüter/Kudamm" und lade schließlich zwei Schweden mittleren Alters ein, die mir auch gleich sagen, wonach sie "Appetit" haben: „We want nice girls, the best of the best. Including sauna." Einige Nobelpuffs haben uns versprochen, so wir Kundschaft bringen, wir mitprofitieren sollten, sodass uns manchmal bis zu 100 Mark für einen „sehr guten" Kunden versprochen wurde. Und eine Chefin eines berühmten Freudenhauses, die mein Fahrgast war, forderte mich auf, nebst einem freien Drink ihre Nobellokalität doch mal zu inspizieren. Doch bisher habe ich noch nie eine Provision eingestrichen, aber – wie ich gestehen muss – habe ich sie auch nie eingefordert.

Was sollte ich also den beiden Schweden empfehlen? Denn die mir geläufigen Edelabsteigen hatten keine Sauna. Dann fiel mir das „Sauna-Idyll" in Mariendorf ein.

Auf der Fahrt dorthin unterhielten wir uns über Thaimädchen und ihre Besonderheiten. Und da ich in Thailand gewesen bin, konnte ich also mitreden. Oft würden ausländische Mädchen unter falschen Versprechungen nach Europa gelockt, um sie dort nicht – wie versprochen – als Hausgehilfin, sondern als Barmädchen, sprich Prostituierte, ihren „Vertrag" erfüllen zu lassen. Dort in Mariendorf angekommen, war das „Saunaidyll" noch geschlossen. Per Funk fragte ich die Kollegen, ob es in der Nähe noch etwas Ähnliches gebe, da die beiden Fahrgäste als Zeitüberbrückung diesen Wunsch äußerten. Mir wurde ein Puff in der Prüßstraße genannt, der auch schon geöffnet hatte. Und nachdem die beiden ein großzügiges Trinkgeld zusätzlich zum Fahrpreis gezahlt hatten, stiegen sie dort aus.

An einem frühen Morgen lud ich in der Potsdamerstraße aus einem Thaipuff einen etwas angetrunkenen Fahrgast ein, der, wie er mir gestand, Arzt sei und zwei Nächte bei jenen Thaimädchen verbracht und mit verschiedenen geschlafen habe, was alles in allem ihm 5.000 Mark gekostet hatte. Er brauche manchmal solch eine Sexorgie als Ventil, damit er seine Ehe halten könne.

„Natürlich weiß Ihre Frau nicht, wo Sie an diesem Wochenende waren. Was werden Sie ihr erzählen?"

„Ich habe ihr schon gesagt, dass ich das Wochenende auf dem Segelboot meines Freundes verbringen werde. Aber dort war ich nur zwei Stunden."

Viele Male küssen sich Pärchen auf dem Rücksitz. Was jedoch unterhalb der Gürtellinie passiert, kann ich durch den Rückspiegel nicht wahrnehmen. Auch Homosexuelle küssen sich ungeniert. Erst einmal ist es mir passiert, dass eine junge Frau, an einer Rotampel angekommen, sich nach vorne lehnte und mich, den Überraschten, abküsste.

Von Berlin als dem El Dorado der Lust bleibt wohl auch ein Taxifahrer nicht ganz verschont.

Meine Fahrt zur Premiere in der Staatsoper

An einem frühen Abend erhielt ich an der Halte „Breitenbachplatz" durch die Säule den Auftrag, zum Gustav-Mahler-Platz zu kommen. Hinten stiegen zwei Damen zwischen vierzig und fünfzig ein, in ihrer Mitte kam ein etwa sechsjähriger Junge zu sitzen, während vorne ein älterer Herr neben mir Platz nahm.

„Wohin geht's?", fragte ich.

„In die Staatsoper", entgegnete der Herr.

„Was gibt es denn dort heute Abend?"

„Premiere von ‚Elektra'."

Ich habe die Ankündigung in der Zitty gelesen und wusste also, wer der Dirigent war. Da ich Richard Strauß sehr schätze, allein von der ‚Elektra' wegen ihrer Blutrünstigkeit größere Distanz bewahre, wunderte ich mich, dass man solch einen jungen Menschen mit dorthinschleppte.

„Ja, Barenboim dirigiert, ich weiß", entgegnete ich.

Und der Kleine sagte: „Er ist mein Vater!" Jetzt war mir natürlich klar, warum er dort mit hingenommen wurde.

Ich wusste, wie sehr man diesen weltberühmten Pianisten und Dirigenten, der schon jahrelang den ‚Tristan' in Bayreuth dirigierte, in einer monatlichen SFB-Sendung kritisierte, ja ihn bekämpfte, während doch nach dem Tode Karajans unter den vielen Bewerbern als dessen Nachfolger nach Claudio Abbado der Favorit des Orchesters Daniel Barenboim gewesen sein soll. Und ein Orchester dieser Weltklasse weiß doch wohl am besten, wer als Dirigent etwas taugt.

Ich unterhielt mich mit jenem älteren Mann über Musik und bemerkte, dass für mich das Höchste von einem Irdischen kreierte Kunstwerk die Oper ‚Tristan und Isolde' sei. Daraufhin drehte sich jener Mann zu der Dame, die hinter mir saß, um und sagte: „Hast du gehört, was der Taxifahrer gerade gesagt hat?" Sie schien zu bejahen. Als die hinteren Herrschaften vor der Oper alle ausgestiegen waren und der Herr soeben „umständlich" seine Brieftasche hervorkramte (gleich sollte ich den Grund für sein Zögern erfahren), sagte er mir zum Abschied:

„Wissen Sie, wer gerade hinter Ihnen saß? Diese Dame ist die Urenkelin Richard Wagners."

Leider war nun keine Zeit mehr vorhanden zu erfragen, um welche Urenkelin aus welcher Linie es sich handelte, waren mir die Wagnernachkommen doch in ungefähr bekannt, da ich ja schon als Gast von Winifred Wagner im Haus Wahnfried zum Tee eingeladen war, wo man auch über die Familienmitglieder ausführlich gesprochen hatte.

Der beinah tödliche Zauber

Im August 1988 hatte ich auf einem Zettel zwei Ereignisse in Stichworten diktiert, die sich fast hintereinander ereigneten.

Am Abend hatte ich beim RIAS in der Kufsteiner Straße eine etwa vierzigjährige Frau eingeladen, die auf mein Befragen hin berichtete, früher eine Filmschauspielerin und mit einem bekannten Produzenten verheiratet gewesen zu sein. Nachdem sie sich hatte scheiden lassen, bewahrte sie von ihm immer noch eine Photographie auf, da sie ihn weiterhin geliebt habe. Plötzlich war jedoch diese Photographie verschwunden. Niemand konnte sie ihr fortgenommen haben.

Einige Jahre später fuhr sie im Zug nach Italien und dachte an ihren früheren Ehemann und an die leider verlorengegangene Photographie. Sie schug das von zu Haus mitgebrachte Buch auf – und dort befand sich eben jene Photographie. Und sie fuhr fort: „Was ich Ihnen jetzt erzähle, werden Sie jedoch nicht glauben wollen. Aber es ist die Wahrheit. Plötzlich war diese Photographie wieder verschwunden, so wahr ich hier jetzt bei Ihnen in der Taxe sitze."

Wenig später sitzt ein Student aus Ghana in meinem Wagen. Er erzählt mir Folgendes:

„Als ich 15 Jahre alt war, verschloss sich plötzlich mein Hals. Ich konnte weder essen noch trinken. Meine Eltern waren sehr besorgt, denn bei uns war schon mancher Jugendlicher an eben dieser Krankheit gestorben. Meine Eltern brachten mich zum Arzt. Dieser schickte uns ins Krankenhaus. Dort befanden die Ärzte, dass sie, die äußerlich nichts sehen konnten und vor einem Rätsel standen, durch eine Operation den Hals öffnen wollten. Doch das passte meinen Eltern nicht. Sie brachten mich zu einem Medizinmann, der auch bedauernd seine Schultern zuckte. Schließlich wurde ich zu einer bekannten Medizinfrau gebracht, die mir Blätter um den Hals wickelte. Fünfzehn Minuten später musste ich Blut und Eiter erbrechen. Danach war ich geheilt. Die Medizinfrau erklärte uns, dass ein magischer Zauber (spell) der Grund für meinen Halsverschluss gewesen sei und dass es irgendeinen bösen Menschen gebe, der schon manchen Jugendlichen durch eben jenen Zauber zu Tode gebracht habe."

Ich erzählte dem Studenten, dass ich selbst auf meiner Trampreise um die Welt bei einigen Medizinmännern Afrikas gewohnt habe und dementsprechend auch vieles in Erfahrung bringen konnte. Zum Beispiel konnten sich die Mutter und die Schwester eines Medizinmannes wie er auch selbst an ein früheres Erdenleben erinnern, wo er damals ihr Vater gewesen war, weshalb sie ihn auch in diesem Leben immer noch „Vater" nennen würden.

Und mein afrikanischer Fahrgast erzählte: „Der Glaube an die Reinkarnation ist in meinem Stamm wie auch anderswo sehr verbreitet. Zum Beispiel weiß man, dass sehr jung sterbende Kinder meist in der gleichen Familie wiedergeboren werden. Deshalb ritzt man an bestimmten Körperstellen wie zum Beispiel am Handgelenk eine Markierung ein, die man eventuell dann an gleicher Stelle bei einem Neugeborenen wiederfindet. Handelt es sich dann um ein Kind gleichen Geschlechtes, so gibt man ihm zumeist den vorherigen Namen wieder."

Was kann man doch alles als Taxifahrer von seinen Fahrgästen in Erfahrung bringen oder gar lernen! Wir Weißen dünken uns mit unserem Verstandeswissen so klug und den anderen Völkern weit überlegen. Aber vielleicht wissen diese anderen im Grunde doch mehr von den geheimnisvollen Wahrheiten, die uns Menschen umgeben. Wie sagte noch Shakespeare: „Es gibt mehr Dinge zwischen Himmel und Erde, als sich die Schulweisheit erträumen könnte!" Ich selbst bin nun einmal ein Mensch, der, nachdem er die äußere Welt gründlich kennengelernt hat, daran interessiert ist, zu erforschen, „was die Welt im Innersten zusammenhält", also jemand, der sich um jene Dinge bemüht, die hinter dem liegen, was uns die fünf Sinne präsentieren oder gar vorgaukeln. Und meine Fahrgäste geben mir von beiden Wahrheiten – von der sichtbaren und der unsichtbaren – viele Beispiele.

Das Bombenattentat im ‚La Belle'

An jenem Abend, als nachts in dem Tanzlokal ‚La Belle' in der Friedenauer Hauptstraße eine Bombe explodierte, fuhr ich eben dorthin eine sehr elegante junge Dame aus Zehlendorf-Süd. Ich habe später noch öfter an sie gedacht und gehofft, dass diese Frau nicht zu den Toten oder Verwundeten gehört haben möge. Der amerikanische Geheimdienst sollte erfahren haben, dass die libysche Regierung unter Gaddafi hinter diesem Attentat gestanden habe, sodass ein militärischer Gegenschlag in Form eines Luftangriffs auf militärische Ziele in Libyen geflogen wurde. Dieser Angriff, so schien es, hatte Gadafi in Folge nicht mehr „großspurig" in seiner Außenpolitik auftreten lassen, denn dieser „Denkzettel" war eine sehr ernste Warnung für alle seine weiteren eventuellen Terroristenspielchen im Ausland.

Am 14. April 1990 holte ich am Tempelhofer Damm eine Dame vom Friseur ab, die zu ihren Eltern nach Lichterfelde-Süd fuhr. Genug Zeit also für ein ausgiebiges Gespräch.

Sie erzählte mir von einem früheren Arbeitskollegen, der über „ungeheure" hellseherische Fähigkeiten verfüge: „Er sagte mir zum Beispiel, dass am 14. Dezember ein ehemaliger Freund mir eine Kette zurückbringen werde. Genauso traf es zu. Er sagte mir eines Tages am Arbeitsplatz: ‚Gehe heute Abend nicht aus. Eine Bombe wird explodieren.' Da ich früher mit einem Amerikaner verheiratet war und anschließend immer noch gelegentlich Amerikaner als Freunde hatte, wollte ich an jenem Abend in das ‚La Belle' gehen. Doch ich hörte auf seinen Rat. Und an jenem Abend – Sie haben sicherlich davon gehört – explodierte die Terroristenbombe in eben jenem Lokal. Dieser hellsichtige Arbeitskollege hatte mir schon vorher gesagt, dass ich zweimal heiraten werde und zweieinhalb Kinder haben würde. Alles – auch das letzte – traf genau zu, denn mein zweiter Ehemann brachte ein Kind mit in die Ehe."

Wie man Betrunkene wieder aufweckt

Mit Betrunkenen haben wir Taxifahrer und -fahrerinnen unsere liebe Not, und viele von uns – von negativen Erlebnissen geprägt – nehmen keine Aufträge von Kneipen mehr an. Jeder von uns könnte Dutzende von einschlägigen Geschichten erzählen, denn Betrunkene und Trunksüchtige gehören natürlich zu den Stammgästen des Taxigewerbes. In meiner ganzen, fünfzehn Jahre währenden, Taxizeit haben sich erst dreimal Fahrgäste übergeben und zweimal davon passierte es innerhalb einer Woche.

Nach einem Richtfest in Steglitz brachten Kumpels vom „Bau" ihren Lehrling, der von allein nicht mehr geradegehen konnte, zum Taxi am Rathaus Steglitz. Da ich wohl gerade in eine Lektüre vertieft gewesen war, bekam ich nicht rechtzeitig mit, wen man mir da hineingesetzt hatte, sonst hätte ich sogleich von innen die Tür verriegelt. Die Fahrt sollte auch noch zur Westerwaldstraße nach Spandau gehen.

Bis in die Nähe des Fahrziels ging alles gut. Aber dann platschte alles aus ihm heraus, obwohl ich ihm sicherheitshalber eine für solche Fälle mitgeführte Plastiktüte schon in die Hand gedrückt hatte, in der auch das meiste landete. Da seine Kumpels die Taxigebühr schon im voraus entrichtet hatten, der Jüngling auch keinen Pfennig bei sich hatte, ließ ich ihn am Ankunftsziel aussteigen, fuhr zur nächsten Tankstelle, säuberte den Wagen, fuhr bei offenen Fenstern ein paar Straßen entlang, bevor ich einem neuen Fahrgast zumuten konnte, bei mir wieder einzusteigen. Oftmals müssen wir Taxifahrer nach Hause fahren und die Taxe gründlich säubern, weshalb Taxikollegen solche „Kotzer" auch zur Kasse bitten.

Betrunkene, die oft sehr gesprächig sein können, geben gerne zu, dass sie heute mal einen „über den Durst" getrunken haben. Und viele entschuldigen sich dauernd und sagen: „Aber bitte nicht böse sein." Viele meinen, der Fahrer mache einen Umweg, schimpfen und drohen, den Fahrpreis nicht bezahlen zu wollen. Deshalb kommt es oft zu einem „Zahlungsstreit" am Zielort, und Kollegen fordern per Funk Verstärkung in Form von anderen Taxifahrern oder gar der Polizei an.

Hin und wieder kommt es vor, dass der Betrunkene einschläft. Und manchmal bekommt man ihn nur schwer oder – so scheint es – gar nicht mehr wach. Man kann ihn dann schütteln oder anschreien, es hilft alles nichts. Dann kommen von Kollegen über Funk flehentliche Bitten, wer in solchen Fällen helfen könne. Ich melde mich dann, habe ich in solchen Fällen – bedingt vielleicht durch meine Hypnoseerfahrungen – schon öfter Erfolge verzeichnen dürfen. Ich setze mich dann neben den tiefschlafenden Betrunkenen, und im Flüsterton sage ich zu ihm etwa fünf Minuten lang folgendes: „Ich zähle gleich bis fünf. Wenn ich fünf gesagt habe, bist du ganz wach und öffnest deine Augen. Du wirst jetzt immer wacher und wacher. Ich zähle gleich..." Und tatsächlich, wenn ich dann in ruhigem Ton bis Fünf gezählt habe, öffnet der Betrunkene die Augen.

Taxifahrten nach Ostberlin vor dem Fall der Mauer

Der Mauerbau 1961 unterband zugleich den Taxiverkehr zwischen Ost- und Westberlin. Späterhin gab es Auflockerungen, sodass auch unter bestimmten Auflagen ein Westtaxi in den Osten fahren durfte. Der Taxifahrer musste sich wie jeder andere ein Tagesvisum besorgen und, so er sein Funkgerät im Wagen belassen wollte, eine Funkgebühr bezahlen, obwohl er sicherlich keinen Gebrauch von der Funkvermittlung machen würde.

Der Ostteil der Stadt wie auch die ganze DDR wollten mitprofitieren am Wohlstand des Westens und wussten es oft schlau anzustellen, um abzuschöpfen, was an Geldern zu kassieren war. Man kannte in Ostberlin Prestige-Hotels wie das Grand Hotel, das Palast-Hotel, Hotel Unter den Linden, das Dom-Hotel (jetzt Hilton-Hotel), das Hotel Berolina, das Hotel Forum u. a, die erbaut worden waren, um nicht nur einen kommunistischen Wohlstand vorzutäuschen, sondern um vor allem durch Komfort und billigere Preise die Bürger aus der freien Welt – vor allem Geschäftsreisende und Touristen – zum Übernachten in den Osten zu locken. Das Handicap bestand jedoch darin, dass die oft mit Koffern nach West-Berlin Gereisten nun nicht mit dem Taxi zu ihrem Hotel nach dem Ostteil fahren konnten, weshalb man lieber im Westteil der Stadt – auch wenn es teurer war – quartierte. Selbst wenn ein Gast der Stadt willens war, für den Taxifahrer die vermehrten Unkosten samt Umwegen und eventuellen Wartezeiten auf sich zu nehmen (und ausländische Taxifahrer meldeten sich eher für solche besonderen Einsätze, konnten oder durften sie mit ausländischen Fahrgästen mit weniger Umständen über den Ausländerübergang Charlie Checkpoint in der Friedrichstraße nach „drüben" fahren), so wehrten die Taxifahrer mit einem Berliner Ausweis oder einem Bundespaß solch eine Fahrt ab – und das unter anderem auch, weil sich gewisse unliebsame Erfahrungen herumgesprochen hatten. Davon will ich eine hier anführen.

Ein Kollege meiner Taxifirma war bereit, einen Geschäftsmann – denn dessen Firma kommt ja für alle Spesen auf – nach dem Osten zu fahren. Er bezahlte an der Grenze sein Tagesvisum und die zusätzliche Funkgebühr für sein mitgeführtes Taxifunkgerät. Als er schließlich ein Formular auszufüllen hatte, auf welchem sein mitgeführtes Geld genauestens zu deklarieren war, durfte er mit seinem Fahrgast zu dessen Hotel weiterfahren.

Auf der Rückfahrt an der Grenze durchsuchte man jetzt den Taxifahrer und fand in seiner hinteren Hosentasche mehrere Geldscheine, die er einfach vergessen hatte, bei seiner Einreise zu deklarieren. Er wurde wegen Devisenvergehens zu viertausend Westmark verurteilt. Da er weniger als 1.000 Mark Westgeld bar bei sich hatte, baute man ihm das ca. 2500 Mark (Neupreis) wertvolle Funkgerät als Kaution aus, das er bei Bezahlung des Restbetrages wieder einlösen konnte. Natürlich hat er das Funkgerät später nicht eingelöst, wie auch nicht die verbleibende Gebühr bezahlt. Für ihn, einen Studenten aus Westdeutschland, kam noch hinzu, dass er Berlin verlassen musste, denn er stand nun an den Grenzübergängen nach Westdeutschland auf den Fahndungslisten und war gezwungen, jeweils von und nach drüben zu fliegen, was er sich wiederum nicht leisten konnte. Solche und andere Notlagen verhinderten es der Ostregierung, viele Übernachtungsgäste in ihre Hotels zu locken. Die östlichen „Finanzgenies", die den DDR-Staat bereichern wollten, scheiterten an dessem bürokratischen Sicherheitsapparat.

Als die Mauer fiel

Am 9. November 1989, zweihundert Jahre nach der Französischen Revolution und auch genau am 50. Jahrestag der „Reichskristallnacht" – jenem schmutzigen Blatt in der deutschen Geschichte (als Vorbote von vielen, vielen schwarzen Blättern) –, fiel in Berlin die achtundzwanzig Jahre die Stadt in zwei Hälften geteilt habende Mauer. Als Student hatte ich am Hundersten Tag der Errichtung der Mauer eine Gruppe von Demonstranten von der allergisch reagierenden – weil politische Wirrnisse befürchtenden – Polizei unbemerkt zu der Mauer in Kreuzberg geführt hatte, wo wir auf mein Kommando hin nachts mehrere Male über die Mauer hinüberschrien: „Nieder mit der Mauer!" An Fenstern "drüben" zeigte sich Licht, und DDR-Bürger dankten für unsere Teilnahme an ihrem vom Westen nun völlig abgeschiedenen Schicksal, indem sie mit Tüchern herüberwinkten. Die östlichen Grenzpolizisten richteten ihre Scheinwerfer auf uns, um eventuelle Gesichter fotografieren zu können und jenen Beteiligten durch Wiedererkennung bei irgendeiner Grenzpassierung am Zeuge zu flicken. Aber schon nahten Westpolizisten und vertrieben uns.

Wohl selten in der Geschichte der Menschheit dürfte es passiert sein, dass ohne Krieg oder sonstiges Blutvergießen ein politisch in zwei konträre Staaten aufgeteiltes Land wiedervereinigt wurde. Vielleicht wird man dies einmal rückblickend als „politisches Wunder" ansehen.

Am 9.11. sah ich um 20 Uhr die Nachrichten im Fernsehen. Dort verkündete man, dass die Mauer in den frühen Morgenstunden des nächsten Tages geöffnet werden würde. Als ich 12 Stunden später wieder die Nachrichten einschaltete, zeigte man Bilder der geöffneten Mauer, die jedoch schon vor Mitternacht geöffnet worden war. Schade, dass ich das nicht erfahren hatte. Ich wäre bestimmt dabeigewesen. Ich fuhr sofort zum Brandenburger Tor. Menschenmengen standen vor der dortigen ovalförmig und breit angelegten Mauer, auf die sich schon einige von den Westseite hochgeschwungen hatten und sich auf der etwa zwei Meter breiten Fläche armeschwenkend und mit geöffneten Flaschen zuprostend versammelt hatten. Um dort auf die etwa 2,5 m hohe Mauer zu kommen, stieg man zuerst auf ein anlehnendes Fahrrad, streckte die Arme nach oben und ließ sich von Helfern nach oben ziehen. Kurz darauf forderte von oben jemand, das Fahrrad heraufzureichen, setzte sich darauf und fuhr damit auf der Mauer entlang. Das amerikanische Fernsehen wie auch viele andere Fernsehkameras hatten sich vor dem Brandenburger Tor postiert, damit ihnen auch ja kein welthistorisches Ereignis entgehen möge. Auf der anderen Seite befanden sich die östlichen Grepos (Grenzpolizisten) und schrien uns anfangs noch zu, von der Mauer herabzusteigen und drohten, uns gar mit Wasserwerfern herunterzuholen, aber ihre Ahnung sagte ihnen vielleicht, dass doch alles Zurückhalten eines einbrechenden Dammes vergeblich sein könnte.

Und dann kam der Tag, an welchem außer Bussen auch die Taxen durch das Brandenburger Tor fahren durften. Es war, als würden wir von einer weitentfernten Schlacht durch einen Triumpfbogen siegreich heimkehren. Berlin war wieder vereinigt.

Für uns Taxifahrer veränderte sich vieles. Berlin war für uns flächenmäßig nahezu doppelt so groß geworden, ja, uns war es jetzt möglich, auch ins Umland der Mark Brandenburg zu fahren. Ich hatte früher hin und wieder Alpträume gehabt, als Taxifahrer mich in einer mir unbekannten Großstadt zu befinden und Fahrgäste zu transportieren, ohne die geringste Ahnung zu haben, wo ich mich gerade aufhielt und wohin ich zu fahren hatte. Dieser Alptraum wurde nun wahr. Gottseidank brauchten wir Westfahrer nicht alle eine Ortskenntnisprüfung über Ostberlin abzulegen, denn dann hätten wir sicherlich gestreikt. Und wir bedauerten alle kommenden Taxifahrer, die noch den Taxischein zu erwerben trachteten. Denn zu den 6.500 westlichen Straßen kamen nun 4.000 weitere hinzu, von allen Vororten in den Außenbezirken Berlins einmal abgesehen. Aber wir alle hatten jetzt bei unseren Wartezeiten an den Taxisäulen die Straßenkarten Ost-Berlins zu studieren, um nicht ganz unwissend bei gelegentlichen Fahrten dorthin zu sein.

Die Damen oder Herren bei der Taxifunkvermittlung fragten auch in den ersten zwei, drei Jahren, wer von den Fahrern an den angesprochenen Halteplätzen eine Fahrt in den Ostteil der Stadt übernehmen möchte, war es doch noch nicht selbstverständlich, sich für solch eine Fahrt zu melden, denn zum einen kannte man sich vielleicht noch zu wenig aus, und zum anderen – und das schien der wesentlichere Grund zu sein – standen die Chancen sehr gering, dass man wegen der geringen Funkaufträge für unsere

Funktaxenvermittlungen eine „Fuhre" zurück in den Westen oder überhaupt eine weitere Fuhre bekam. So musste auch ich nach einer jeweiligen Fahrt nach Hellersdorf, Biesdorf, Köpenick wieder leer in den Westteil der Stadt fahren, weil die dortigen Halteplätze voll mit den Osttaxen besetzt waren, die von ihrer Funkvermittlung in gewohnter Weise mit Aufträgen versorgt wurden.

Viele Taxifahrer fürchteten nun die Taxikonkurrenz von „drüben", dass also östliche Kollegen uns im Westen, wo es mehr Fuhren, d. h. auch, wo es kürzere Wartezeiten gab, das Geschäft wegnehmen könnten, denn jedem stand es nun frei, wo auch immer im Gesamtbereich der Stadt zu fahren und sich an jedem Halteplatz anzustellen. Was uns westlichen Taxifahrern besonders an den Ostkollegen auffiel, war, dass sie – was sie untereinander taten – auch auf uns zukamen und uns die Hand zur Begrüßung gaben. Und ich musste manchmal daran denken, dass wohl einige von diesen Handschüttlern früher eventuell für die „Stasi" (Staatssicherheit) gearbeitet hatten und manche vertrauliche Mitteilungen weitergeleitet hatten zum Schaden der vertrauensseligen Fahrgäste.

Mittlerweile erhalten wir Mitglieder der vier westlichen Funkgemeinschaften auch auf dem Gebiet des ehemaligen kommunistischen Berlins genügend Aufträge, sodass wir jetzt jeden Auftrag entgegennehmen, ganz egal, nach welcher Ecke Berlins der Gast befördert werden möchte. Eine meiner ersten Fahrten in den Ostteil der Stadt war jedoch ein anderer „Fehlschlag", über den ich jetzt berichten möchte.

Der Tod im Taxi

Kurz nach der Wende am Stuttgarter Platz stehend, stieg ein etwa zwanzigjähriger junger Mann ein und nannte als Zielort „Eldenaerstraße" und die Hausnummer.

„Wo soll denn diese Straße sein?"

„Im Osten, beim Bessarinplatz."

Irgendetwas in mir hieß mich vorsichtig sein, und so fragte ich ihn: „Haben Sie auch Geld?"

Denn es handelte sich mindestens um eine 35 Mark-Fahrt, und dieser junge Mann schien nicht viel Geld zu haben. „Na klar! Reichen 30 Mark?" Ich antwortete: „Es wird knapp werden. Es wird eher an die 35 Mark kosten."

„Aber nicht mehr. Ich hab' nämlich nicht mehr." Dann fügte er gleich hinzu: „Haben Sie eine Zigarette für mich?"

„Nein, ich bin Nichtraucher."

Dennoch fahre ich meistens ein Rauchertaxi. Vor 15 Jahren hatte man als Raucher in einem nicht mit einem Nichtraucher-Zeichen gekennzeichneten Taxi gar nicht erst den Taxifahrer gefragt, ob man rauchen dürfe. Heute hat sich vieles geändert, und es wird im Allgemeinen auch in einem Rauchertaxi gefragt, ob man rauchen dürfe.

Ich orientierte mich am Stadtplan, während mein Fahrgast die Augen schloss und zu schlafen schien. Endlich war ich am Zielort angelangt. Als ich meine

Taxe angehalten hatte, war auch mein Fahrgast wieder ganz munter. Ich nannte ihm den Fahrpreis. Er kramte in seiner Tasche, warf mir schließlich ein Billigportemonaie zu, öffnete die Hintertüre und rannte in den Altbau hinein. Ich öffnete das Portemonnaie. Kein Geld war mehr zu entdecken. Doch fand ich in einer Geheimtasche seinen Berliner Ausweis.

Als ich nun ausstieg, um dem jungen Mann zu folgen, kam gerade ein Polizeiwagen um die Ecke. Den hatte wohl der „liebe Gott" geschickt. Sonst dauert es oft lange, bis nach Anruf in solchen Fällen ein Streifenwagen angekommen ist. Ich instruierte die beiden Beamten über das soeben Vorgefallene. Sie stiegen aus. Und zusammen schritten wir durch den Torbogen und befanden uns in einem Hinterhof trostloster Art. Dort gab es drei Aufgänge. Ein jeder von uns nahm sich einen solchen vor, da wir uns den Namen eingeprägt hatten.

Ich nahm den rechten Eingang und klopfte unten. Niemand zu Hause. Es war ja auch noch Tag, und normalerweise arbeitete man. Im ersten Stock gar war eine demolierte Wohnungstür zu sehen, die nur die Hälfte der ursprünglichen Fläche bedeckte. Eine Etage höher zeigte ich dem öffnenden Bewohner jenes Bild des Ausweises.

„Kennen Sie diesen jungen Mann?"

„Ja, der wohnt unter mir."

Nun kehrte ich in den Hof zurück und wartete, bis die beiden Polizisten unverrichteter Dinge aus den von ihnen gewählten Ausgängen wieder zurückgekehrt waren.

Gemeinsam begaben wir uns zu jener Chaos verkündenden zertrümmerten Wohnungstür, die auch nicht verschlossen war, da ein Besenstil diese von innen zuhielt. Die beiden Beamten riefen abwechselnd den Namen jenes jungen Mannes. Doch es rührte sich nichts. Sie entfernten den Besenstil, da man ja nur durch das Riesenloch hindurchlangen musste. Rechter Hand bot sich der Anblick in die türlose Küche. Ein Dreck, einfach unbeschreiblich. Es stapelte sich das unabgewaschene Geschirr, auf welchem sich dicker schwarzer Schimmel ausgebreitet hatte. Jedoch die Hintertür zur Wohnung war, obwohl ohne Schloss, von innen zugedrückt.

Beide Polizisten lösten ihre Dienstwaffe, nachdem sie wiederholt an die Tür geklopft und den Namen laut gerufen hatten. Nun drückten sie mit dem Besenstil dagegen. Die Tür gab nach. Und in einem Haufen von Unrat und Papier entdeckten wir in einem Schlafsack jenen Gesuchten, der aber tief am Schlafen war oder vielleicht auch nur so tat. Die Polizisten rüttelten ihn wach. Er richtete sich auf und wusste anscheinend nicht, warum wir überhaupt zugegen waren und was wir von ihm wollten. War er drogensüchtig und wirklich nicht ganz klar im Kopf oder spielte er jetzt nur den Unwissenden?

Das Ende der Geschichte bestand darin, dass mir die Polizisten nebst einer Aktennummer seine Personalien gaben – denn der Ausweis wurde jenem ordnungsgemäß wieder ausgehändigt – sie wünschten mir viel Glück, die ausstehende Zeche einzuklagen. Doch da ich in solchen Dingen schon meine Erfahrung hatte, warf ich jene Adresse in den nächsten Papierkorb. Irgendwie hätte mich eigentlich alles amüsieren können, denn dass derlei Zechprellereien passieren, mussman von vornherein einplanen und sich darüber nicht ärgern. Doch hatte ich tiefes Mitempfinden mit diesem verwahrlosten jungen Mann, der – so denke ich – durch Drogen derart tief in den Sumpf geraten war. Hoffentlich findet er aus allem wieder heraus. Dieser junge Mann war seelisch tot. Das ist, durch Drogen verursacht, der 1. Tod. Und der 2. Tod lässt oft nicht lange auf sich warten.

Dass Berlin einen bekannten Drogenabsatzmarkt besitzt, ist mir natürlich als Taxifahrer nicht unbekannt. Ein Lastwagenfahrer, der öfter nach Berlin zu fahren hatte, erzählte mir in der Taxe im Detail, inwiefern sich die Berliner Prostituierten von den übrigen im Bundesgebiet unterschieden, schien er doch, da er überall herumkam, bestens informiert zu sein. Er berichtete mir auch von einer Berliner Sex-Bar (heute nicht mehr in Betrieb), wo man über den Ladentisch seine Dosis Kokain bekommen konnte.

Zum Adenauerplatz fuhr ich einmal zwei junge „Typen", die bei einem dort herumstehenden Türken „Stoff" kauften. Einige Nachtlokale mussten schon schließen, da dort „gedealt" wurde.

Eines Tages fuhr ich eine Frau, Mitte zwanzig, von Marienfelde nach dem Prenzlauer Berg. Sie nannte eine mir unbekannte Straße. Ich sagte ihr, dass ich nicht wisse, wo diese Straße sei, und sie erwiderte: „Fahren Sie zum Sport- und Erholungszentrum in der Leninallee (heute Landesberger Allee), dann sage ich Ihnen weiter." Wir unterhielten uns noch ein Weilchen, dann war sie eingeschlafen. Am Erholungszentrum angekommen, rief ich sie an, doch sie reagierte nicht. Schließlich öffnete ich von hinten die Tür, um sie aufzuwecken. Ich wusste, dass sie nicht betrunken war. Ich schüttelte sie bei den Schultern. Sie rührte sich nicht. Nun informierte ich mittels des Taxifunks die Polizei. Ich wartete und wartete.

Mehrere Polizeiwagen fuhren an mir vorbei, keiner hielt an. Nach wiederholtem Nachfragen kam endlich ein Streifenwagen, die Polizisten forderten über Funk sogleich die Ambulanz an. Der eingetroffene Arzt überprüfte den Puls, hob die Augenlider der jungen Frau und gab sogleich Anweisung: „Sofort ins Krankenhaus!" Jedoch aus allen seinen Erschrecken verkündenden Anzeichen heraus vermutete ich, dass diese Frau schon tot war.

In Marienfelde hatte ich lange an einer Straßenecke warten müssen, bis diese Frau von einem Mann zur Taxe gebracht worden war. Hatte sie eine Überdosis von einer gefährlichen Droge genommen oder von ihm erhalten?

Im September 1988 steigt ein blassgesichtiger Mittvierziger in der Innenstadt in mein Taxi. Er möchte nach Neukölln gebracht werden.

Ich spreche ihn an, ob er Künstler sei, vielleicht ein Maler?

„Nein, das nicht. Aber ich bin Lebenskünstler."

„Ich auch. Und was machen Sie, wenn ich fragen darf?"

„Ich bin heroinsüchtig. Ich genieße meine Sucht. Seit fünfzehn Jahren hänge ich an der Nadel. Ich komme einfach davon nicht los. Damit habe ich mich schon seit langem abgefunden. Ich kann mir schon gar nicht mehr vorstellen, wie es anders sein könnte."

„Nehmen Sie auch anderen Stoff?"

„Ich hab' alles ausprobiert. Aber ‚H' (Heroin) bekommt mir am besten. Ich muss nur sehen, dass ich meinen ‚Level' nicht übersteige. Ich kenne meine Grenzen."

„Haben Sie denn keine Furcht, von der Polizei eines Tages ertappt zu werden?"

„Ich saß wiederholt deswegen schon im Knast. Doch die lassen mich jetzt in Ruhe. Ich hab' so sechs Kunden, die ich mit Stoff beliefere. Davon kann ich gerade leben und mein eigenes Zeug spritzen. Ich beziehe gutes ‚H' aus Thailand."

„Viele sterben aber doch an Heroin. Die meisten geben sich doch irgendwann den ‚goldenen Schuss'."

„Ja, sie wollen ja sterben. Ich war auch schon ein paarmal kurz davor, alles hinzuwerfen, um aus der Teufelssucht auszusteigen. Aber jetzt habe ich mich mit meinem Suchtleben abgefunden und mach' das Beste daraus."

Mein Fünfhundert-Mark-Trinkgeld

Selten erhalten wir ein der Erinnerung würdiges Trinkgeld. Oft sind die sogenannten Reichen gerade diejenigen, die knausrig sind. US-Soldaten ließen sich

meist wie auch Türken auf den Groschen genau herausgeben. Meistens wird aber nach obenhin „abge-
rundet". Wer also einen Fahrpreis von 9,80 Mark auf
dem Taxometer zu stehen hat, erhält im Allgemeinen
einen Zehnmarkschein, den er auch bei 8,80 Mark
oder gar bei 7,80 Mark erhalten hätte mit dem Zusatz-
kommentar: „Stimmt so." Sollten wir einmal von einem Fahrgast 10 oder gar 20 Mark als Trinkgeld erhalten haben, so kann das schon bei der nächsten Ta-
xehalte den Kollegen als besonderes Ereignis weiter-
erzählt werden. Übernimmt man mal eine Stadtrundfahrt für Ausländer, dann kann das Trinkgeld auch
mal auf 50 Mark ansteigen.

Mir erzählte einmal ein Kellner, den ich von dem
Gasthaus Schildhorn an der Havel nach Hause fuhr,
dass er soeben den deutschen Blödelliebling „Otto"
bedient habe, der nebst einem großen Gericht auch
die teuerste Flasche Wein bestellte. Die Gesamtrech-
nung belief sich auf 280 Mark. Otto gab ihm fünfhundert Mark und sagte: „Behalten Sie den Rest." Dieser
Kellner gab mir ein Trinkgeld von 20 Mark. Doch während meiner ganzen Zeit als Taxifahrer habe ich noch
von keinem anderen Kollegen gehört, dass er ein hö-
heres Trinkgeld als ich bekommen hätte.

Ich stand eines Abends an der „Crelle-Halte"
(heute Kaiser-Wilhelm-Platz). Ein etwas angetrunkener Herr Anfang Dreißig stieg hinten ein und gibt als
Zielort „Nervenheilanstalt Spandau, Stadtrandstraße"
an. „Nein, nein, ich bin nicht durchgedreht. Ich wohne
dort nur. Ich habe dort mein kleines Einzimmerap-
partment. Ich habe heute einen Stadtausflug unternommen. Jetzt geht es wieder nach Hause. Schau'n Sie

mal, wieviel Geld ich in der Brieftasche habe." An einer Rotampel drehte ich mich um und erblickte einen ganzen Stapel von Fünfhundertmarkscheinen.

„Brauchen sie Geld?"

Ich dachte, ich höre nicht recht. Und er wiederholte: „Brauchen Sie Geld?" Ich wusste nicht, was ich antworten sollte. Denn offenbar war er durchgedreht.

„Geld kann man doch immer gebrauchen. Hier, nehmen Sie diesen Fünfhundertmarkschein. Er gehört Ihnen."

Ich ließ diesen schließlich auf dem Nebensitz liegen in der festen Absicht, nachher den Fahrpreis davon abzurechnen und den Rest ihm zurückzuzahlen.

„Nein, ich weiß gar nicht, was ich mit dem Geld anfangen soll. Wo ich wohne, ist alles für mich schon bezahlt. Ich fahre nur selten in die Stadt." Und er erzählte mir, was er an diesem Tag schon wo und wie verjubelt habe, was bestimmt einige tausend Mark gekostet haben dürfte, wissen doch gewisse Damen eines gewissen Gewerbes, wie man großzügige Freier auch großzügig auszunehmen hat.

Manchmal sprach mein Fahrgast ganz verständlich, dann murmelte er was vor sich hin. Aus heutiger Sicht würde ich sagen, er war von mehreren erdgebundenen Verstorbenen besessen, die seinen Rauschzustand nutzten, um ihren Interessen zu frönen. Denn am Zoo wollte er auf einmal aussteigen. Dann korrigierte er sich wieder, und wollte wieder nach Hause. In der Spandauer Allee befahl er plötzlich, an einer Bushaltestelle aussteigen zu wollen, um mit dem Bus weiterzufahren. Ich überzeugte ihn schließlich, doch bis zu seinem Zuhause weiterhin die Taxe zu benutzen, befürchtete ich doch, dass er sonst noch wo landen und vielleicht irgendwo ausgeraubt würde. Dann wollte er wieder in die Stadt zurückkehren. Ich versuchte ihn, durch Gespräche von seinem widersprüchlichen Fahrortwünschen abzulenken.

Schließlich standen wir vor seinem Wohnheim. Er wollte, dass ich mir seine Adresse aufschrieb, um ihn einmal besuchen zu kommen. Und als er seinen Vornamen nennen wollte, nannte ich ihn bereits zu seiner Verwunderung.

„Woher wissen Sie, dass ich X heiße?"

„Ich weiß auch nicht. Der Name ist mir gerade so eingegeben worden." Nachdem ich seine Anschrift notiert hatte, zahlte er den Betrag der Taxifahrt, wollte sich aber nicht die 500 Mark wieder zurückerstatten lassen.

„Nein, die sind für Sie. Ich hab´ genug von den Dingern!"

Und dann entstieg er der Taxe. Wir winkten uns noch zu. Gerade, als ich abfahren wollte, gemahnte mich etwas, nochmals hinten nachzusehen. Tatsächlich, auf dem Boden lag seine Brieftasche, von der ich wusste, dass sie mit Tausenden von Mark gefüllt war. Ich stieg sogleich aus, rief jenen Mann zurück und übergab ihm die Brieftasche. Und ich dachte an eine Kollegin, die am Zoo einen Mann eingeladen hatte, der sie bat, zur Bismarckstraße zu fahren. Dort am angegebenen vorläufigen Ziel angekommen, gab er ihr einen Tausendmarkschein und sagte: „Bitte warten Sie hier. Ich werde in ein paar Minuten zurück sein."

Die Kollegin wartete ganze zwanzig Minuten. Der Mann kam nicht aus dem Wohnkomplex zurück. Und sie beschrieb mir, in welcher Versuchung sie gestanden hätte, einfach mit dem ganz „Großen Riesen" weiter zu fahren. Als sie gerade der Versuchung nachzugeben gedachte, kam jener Mann wieder zur Taxe. Ich glaube, dass wir von unsichtbarer Seite her oft „getestet" werden, ob wir ehrlich sind, ja, dass auch die Steuern als soziale Einrichtung eigentlich im wesentlichen dem Zweck dienen, von „oben" unsere Ehrlichkeit zu testen, um zu überprüfen, wieweit wir gedanklich, seelisch, spirituell schon gereift sind.

Ich hatte mir fest vorgenommen, mein Versprechen, jenen spendablen Mann aufzusuchen, wahrzumachen und ihm bei dieser Gelegenheit jenen Fünfhundertmarkschein zurückzuerstatten. Somit trug ich diesen Schein in den nächsten Wochen immer in meiner Brieftasche mit mir herum. Zweimal läutete ich an verschiedenen Tagen an seiner Klingel. Niemand öffnete. Beim dritten Mal war der Name ausgewechselt. Bevor ich jedoch zum dritten Mal zu jener Adresse gefahren war, passierte mir folgendes.

Müde nachts zu meinem Taxidepot zurückkehrend, hatte ich schon alle Utensilien, die ich dann mit nach Hause nehmen wollte – also Geldbörse, Brille, Bücher, aber auch die Brieftasche –, auf den Nebensitz gelegt. In einer Kurve rutschte aber, von mir unbemerkt, die Brieftasche mit Ausweisen und jenen 500 Mark seitlich nach rechts hinunter. Erst zu Hause merkte ich, dass meine Brieftasche fehlte. Ich rief am nächsten Tag bei meiner Firma an, und man teilte mir mit, dass die Brieftasche mit dem ganzen Inhalt im Büro abgegeben worden war.

Weil ich also jenen Mann nicht mehr auffinden konnte, sein Geld aber auch nicht annehmen wollte, da er es mir doch in einer Art Unzurechnungsfähigkeit aufgedrängt hatte, kam mir die Idee, diese fünfhundert Mark einer vom Blitz getroffenen und in der Irrenanstalt gelandeten, jetzt aber wieder in ärmlichsten Verhältnissen privat lebenden Verwandten zukommenzulassen, sodass dieses Geld nicht zweckentfremdet blieb.

Zwei Tote verabschieden sich

Wenn ich merke, dass meine Fahrgäste an Übersinnlichem interessiert sind, erzähle ich ihnen oft von eigenen Erfahrungen oder von dem, was andere mir berichtet haben. Während des letzten (sicher jedoch auch während des ersten) Weltkrieges waren viele Berichte überliefert von Müttern oder Ehefrauen, denen der an der Front kämpfende Sohn oder Ehemann plötzlich im Traum erschienen war oder sogar aufeinmal vor ihnen stand und in etwa folgendes gesagt hatte: „Mutter, sorge dich nicht, mir geht es gut", oder „Liebling, ich lebe auch weiterhin", oder „Mutter, du musst jetzt stark sein. Aber ich helfe dir", oder „Liebling ich bin dir immer ganz nah" und dergleichen mehr. Oft hatten diese Frauen eine schlimme Ahnung. Manchmal schauten sie in jenem Augenblick auf die Uhr. Und dann ein, zwei Tage später kommt ein Telegramm von der Front: „Wir bedauern Ihnen mitteilen zu müssen, dass ihr Sohn/Ehemann heldenhaft fürs Vaterland sein Leben geopfert hat. Wir drücken Ihnen unser zutiefst empfundenes Mitgefühl aus." Solche und ähnliche Beispiele, die ich – so ich die innere Eingebung dazu hatte – erzählte, lösten bei Fahrgästen (meist Frauen) ihre Zunge, sodass mir Dinge anvertraut wurden, die sie – wie sie mir manchmal sagten – bisher noch keinem Fremden erzählt hätten. Hiervon möchte ich an dieser Stelle zwei Beispiele anfügen.

Eine Frau mittleren Alters, die in der Bleibtreustraße eine Modeboutique führte, berichtete mir folgendes: „Ich war mit meinem Mann schon schlafen gegangen, als das Telephon läutete. Es war ein Anruf vom Gertraudenkrankenhaus. Mein Mann wurde gebeten, sofort zu kommen, da man befürchtete, dass seine dort stationierte Mutter bald sterben werde. Als er gegangen war, schlief ich wieder ein. Ich wachte einige Stunden später wieder auf, schaute auf den Wecker. Es war fünf Minuten nach drei. Auf einmal sah ich eine weiße Gestalt zwei Meter vor meinem Bett stehen. Ich bekam einen Riesenschreck. Ich dachte zuerst, es sei mein wiederzurückgekehrter Mann, der sich mir einen Scherz erlauben wollte und sich deswegen ein Bettlacken übergestülpt hatte, weshalb ich rief: ‚Horst, erschreck mich nicht. Komm ins Bett.' Aber die Gestalt bewegte sich nicht, ja sie war auch kleiner als mein Mann. Ich bekam eine furchtbare Angst und grub meinen Kopf unter die Decke. Nach einer Weile wagte ich wieder hervorzuschauen, da ich dachte, nur eine Halluzination gehabt zu haben. Doch da stand sie wieder. Ja, sie schien sich sogar ein wenig zu bewegen. Und ich versteckte mich wieder unter der Decke. Ich zitterte vor Angst. Schließlich fuhr ich mit der Hand zum Lichtschalter, schaltete das Licht an und wagte meinen Kopf wieder hochzuheben. Doch da war niemand. Türen und Fenster waren alle verschlossen. Niemand Fremdes konnte im Schlafzimmer gewesen sein.

Als mein Mann morgens gegen sieben zurückkehrte, fragte ich ihn, warum er mich heute Nacht als Gespenst so erschreckt habe, und er antwortete: ‚Mutter ist heut nacht gestorben. Ich war die ganze Zeit über im Krankenhaus. Du musst halluziniert haben.‘ Und ich fragte: ‚Wann ist sie denn gestorben?‘ Kurz nach drei Uhr.‘

Ich hatte eine Ahnung, dass sie es gewesen sein müsse. Aber ich kann mir immer noch keinen Reim darauf machen, wie so etwas möglich sein soll.“

Da ich mich auf diesem Gebiet bestens auskenne und selbst schon Verstorbene vor mir stehen sah, erklärte ich ihr, dass die Schwiegermutter allein deshalb in ihrem Geistkörper zu ihr gekommen sei, um sich bei ihr zu verabschieden. Man brauche vor solchen Geistererscheinungen keinerlei Angst zu haben, kämen diese sich Verabschiedenden doch nur in liebevoller Absicht. Jedoch das Unerwartete und Unerklärliche mache uns Angst. Wenn wir über diese Dinge mehr wüssten, würden wir damit unbeschwerter umgehen, ohne Angst dabei zu haben, sei es doch oft unsere Angst, die Verstorbene daran hindere, sich uns zu zeigen. Ich verwies sie auf das Buch von Hinrich Ohlhaver ‚Die Toten leben‘, damit sie mehr Einsicht in dieses Thema nehmen könne.

Kurz vor Weihnachten 1993 hatte ich eine etwa sechzigjährige Frau in meiner Taxe. Sie erzählte: „Als ich vier Jahre alt war, hielt ich mich oft bei unserer

Nachbarin, einer sehr alten Frau, auf. Sie gab mir immer Bonbons, und von allen übrigen Kindern im Haus war ich ihr besonderer Liebling. Sie nannten mich ‚Sonjachen'. Für mich war sie ‚Oma Polke'. Sie hatte mich immer gestreichelt, und ich durfte auf ihrem Schoß sitzen. Sie erzählte mir oft schöne Geschichten. Ich liebte sie mehr als meine eigene Oma. Sie sagte mir auch immer, wie schön ich sei. Aber sie war oft krank, und ich besuchte sie an ihrem Bett.

Eines Nachts wachte ich auf. Da sah ich sie im Halbdunkel vor mir stehen. In voller Gestalt stand sie da und lächelte mir zu. Ich machte Licht. Dies weckte nun meine Mutter auf, die mich aufforderte, das Licht wieder zu löschen. Ich erzählte ihr nun, wen ich gerade gesehen hatte.

Am nächsten Morgen erfuhren wir, dass Oma Polke in der Nacht gestorben war. Ihre letzten Worte im Beisein von einer Angehörigen waren: ‚Ich denke so oft an mein Sonjachen'."

Diese Frau berichtete mir noch von zwei weiteren Geistervisionen, die sie mit vierzehn und vierundzwanzig Jahren gehabt hatte. Weiterhin – wie sie mir anvertraute – meinte sie, davon überzeugt zu sein, nicht von dieser Welt zu sein, sondern von einem anderen Stern zu kommen.

Ähnliches habe ich in vielen meiner Seminare von Teilnehmern zu hören bekommen, die auf Erden zum erstenmal inkarniert waren, vorher aber auf einem anderen Planeten oder Gestirn oder in einer ganz anderen Dimension zu Hause gewesen waren. Mein Vater, der Dichter Molar, über den ich jenen umfangreichen Farbroman geschrieben hatte, glaubte ebenfalls,

nicht von dieser Welt zu sein, sondern als „Sternen-
bürger" – wie er sich nannte – von außerhalb dieser
Erde zu stammen.

Ich glaube, dass wir „gescheiten" Menschen noch
sehr viel hinzuzulernen haben, um mehr über die
Wirklichkeiten in der Schöpfung Gottes verstehen zu
können.

Irreführende Straßenschilder

Dass man Berlin als Taxifahrer mehr als die meisten
Bürger der Stadt horizontal und wohl auch manchmal
vertikal besser kennenlernt, wird wohl einleuchten.
Ich liebe meine Stadt, in der ich im Frühjahr 1960 als
junger Student mich niederließ und der ich – von einem kurzen Zwischenstudium in München und meinen vielen Reisen ins Ausland abgesehen – bis heute
meine Zuneigung bewahrt habe. Und da man als Taxifahrer die vielen Sonnen-, aber auch einige Schatten-
seiten kennenlernt, mag der Leser/die Leserin mir
verzeihen, wenn ich an dieser Stelle ein paar Hin-
weise als wohlmeinende Kritik einflechte.

Westberlin konnte ich mit Recht, da ich die meisten Großstädte der Welt außer jenen in der UDSSR, in
Japan, in Korea und China besucht hatte, als die
„grünste Stadt" der Welt bezeichnen, ja selbst
Washington D. C. reicht – was den Baumwuchs in den
Straßen angeht nicht – an unsere Stadt heran. Doch
der Ostteil unserer Stadt hat leider nicht wie im Westteil jene Bepflanzungspolitik betrieben, sodass für

den heutigen Senat sicherlich noch viel Nachholarbeit zu betreiben ist, um Berlin wieder als die grünste Stadt der Welt zu präsentieren. Berlin ist auch eine sehr saubere Stadt. Aber dennoch war ich oft erschrocken über den Schmutz, der auf Grünanlagen im Mittelstreifen von Straßen zu finden war. Ist denn hierfür niemand zuständig? Aber wenn ich doch Stadtpolitiker bin und sehe solche „schmutzigen" Missstände, kann ich dann nicht einmal zum Telephonapparat greifen und die betreffende Stelle bei der Straßenreinigung informieren?

Mit Straßennamen haben nicht nur wir Taxifahrer allein ihre Not. Ich weiß, wie ich am Anfang meiner Taxifahrzeit vom Spandauer „Hafenplatz" einen Funkauftrag in die Schönwalderstr. 58 bekam. Ich fuhr also jene Straße hinauf, darauf achtend, dass jene Nummer bald nach den unteren Nummern an einem Haus auftauchen musste. Dann hörten die Nummern schließlich auf. Ich fuhr weiter, las wieder „Schönewalder..." (ohne zu realisieren, dass es sich nun um eine "Allee" handelte), und stand schließlich vor der Nummer 58 in Erwartung meines nichterscheinenden Fahrgastes. Auf Anfrage an meine Funkvermittlungszentrale, mir doch bitte den Namen des Fahrgastes durchzugeben, damit ich nun an der Türklingel läuten könne, wurde ich korrigiert, dass es sich um die Schönewalder „Straße" handele. Dorthin zurückbrausend, war der Fahrgast ungnädig, zum einen so lange gewartet zu haben, zum anderen darüber entrüstet, sich mit solch einer hohen Anfahrgebühr konfrontiert zu sehen. Wegen letzterem konnte ich ihn zufriedenstellen, indem ich ihm großzügig anbot, bei der Endabrechnung drei Mark abzuziehen.

Es gibt in Berlin einige solche Fallen, wo aus einer „Straße" plötzlich eine „Allee", ein „Weg" gleichen Vor-Namens wird. Der Autofahrer in Fahrt bekommt die Dinge oft nicht so klar mit, wie die Straßennamengeber hinter ihren Schreibtischen. Doch gibt es diesbezüglich anderes, was von der Behördenseite neu zu überlegen wäre. Berlin ist berühmt für seine vielen „Berliner Straßen" oder „Goethestraßen" und dergleichen, sodass es Besuchern dieser Stadt, die dem Taxifahrer als Zielort „Potsdamer Straße 18" nennen, nicht aber wissen, in welchem Teil der Stadt jene sich befinden soll und auch keine Postleitzahl zu nennen wissen, sich und den Taxifahrer in große Verlegenheiten bringen können. Wenn diese Person auch nicht im Telephonbuch verzeichnet ist, hilft es nichts, als zuerst in die Potsdamerstraße in Schöneberg zu fahren, dann es bei jener in Lichterfelde, anschließend bei jener in Zehlendorf zu versuchen, um schließlich den Fahrgast in der Potsdamerstraße in Lichtenrade abzusetzen. Mittlerweile mag sich der Fahrpreis auf das Mehrfache des eigentlichen Preises gesteigert haben. Denn übrige Bundesbürger selbst aus Großstädten denken nicht daran, dass man in Berlin von einer Straße gleich zwei bis acht Straßen gleichen Namens haben könnte.

Oft hat man klugerweise bestimmte Teile der Stadt einer Überordnung bezüglich Straßennamen zugeordnet. Zum Beispiel gibt es ein „Komponistenviertel", ein „Holländisches Viertel", ein „Belgisches Viertel", ein „Blumenviertel", usw., denen dementsprechend die Namen gegeben wurden. Dies ist schön und gut. Aber wenn Straßen wie „Auguststraße" und „An-

tonstraße" dicht beieinanderliegen, man bei der Auf-
tragserteilung nur an einen männlichen Vornamen
mit dem Buchstaben A gedacht hat, dann steht man
manchmal vor der verkehrten Haustür. Schlimmer
noch, wenn wie in Wedding eine Max- und eine
Marckstraße dicht beieinanderliegen. Was für uns als
Taxifahrer schon manchmal verwirrend sein kann,
potenziert sich natürlich an Verwirrung für nicht
ortskundige Deutsche oder gar für Ausländer.

Apropos Hausnummern. Oft haben wir unsere
„liebe Not", unseren Anfahrort zu finden, weil die
Hausnummern einfach fehlen, unleserlich geworden
sind oder u.a. auch seitlich angebracht sind, sodass
man sie von der Straße aus – speziell beim Vorbeifah-
ren oder in der Dunkelheit – nicht oder nur schwer
sehen kann. Oft müssen wir aussteigen und suchen
gehen. Aber, so habe ich mich oft gefragt: Wie kann es
der Senat dulden, dass Straßennummern nicht ganz
deutlich von der Straße aus „vorschriftsmäßig" zu sehen sind? Denn oftmals kommt ein Notarzt oder die
Feuerwehr um die berühmten Sekunden oder Minuten zu spät, weil die Hausnummern erst mühselig ge-
sucht werden mussten. Hier musszum Wohle der Bürger energischer vorgegangen werden. Oft fehlen auch
an Kreuzungen Straßennamen. Ich hatte es in einem
Vorort von Lima als ,einleuchtende' Tat angesehen,
dass die Straßenschilder von innen her erleuchtet waren.

Aber nun zu größeren Missständen. Als per Anhalter reisender Student stand ich schon in den sechziger
Jahren am Zehlendorfer Kleeblatt und streckte meinen Daumen nach oben (damals noch nicht wissend,

dass ich mal auf jene Art über 100 000 km zurückle-
gen sollte). Dort befanden sich zwei Schilder. Das eine
hieß „Interzonenverkehr" und das andere „Auto-
bahn/Avus". Letzteres wies in Richtung Stadt. Nun kamen viele Ausländer in ihren Wagen an. Sie wussten,
um nach dem Westen zu kommen, mussten sie die
AUTOBAHN benutzen. Was „Interzonenverkehr" bedeutete, kannten viele nicht und fuhren deshalb auf
der Autobahn in die Stadt zurück. Da viele verunsi-
cherte Ausländer anhielten und jene Tramper deswegen befragten, wurde mir dieser Missstand klar, den
ich dann zwei Polizisten darlegte. Tatsächlich waren
im nächsten Jahr die Schilder gegen eindeutigere ausgetauscht. Aber hatte man unter den beamteten Be-
schilderungsstrategen keinen Straßenschildpsychologen, der so etwas doch von vornherein erkannt haben müsste?

Kommt man auch heute noch von Hamburg aus
nach Berlin, um in das Zentrum (für viele noch der
„Zoo") zu gelangen, mussman schon vorher wissen,
bei der Abzweigung „Reinickendorf" abzuzweigen.
Hat man auf dem Kurt-Schumacher-Damm den Flughafen passiert und verlässt in parallel laufender Richtung jene Autobahn, dann sieht man nur die Schilder
„SPANDAU" rechts und „WEDDING" links. Jetzt wird
der Autofahrer verunsichert. Er will doch zum „Zoo".
„Wie soll ich nun fahren? Rechts oder links?" Er weiß
ja nicht, dass es auch ein Geradeaus noch gibt. Hier
müsste ein Zeichen „Zoo" stehen. Durch Verunsiche-
rungen entstehen wohl die meisten Unfälle. Und davon möchte ich ein Beispiel geben.

Mit Fahrgästen vom Busbahnhof, die als Zielort
„Lichtenrade" über Marienfelde angaben, befand ich

mich auf dem Stadtring Süd. Vor der Unterführung „Innsbrucker Platz" stehen für die Rechtsabbieger oben rechts große Hinweisschilder: Mariendorf, Lankwitz, Steglitz. Aber ich hatte noch den Zielort „Lichtenrade" im Kopf und gedachte über den Tempelhofer Damm dorthin zu fahren. Ich befand mich also weiterhin auf der linksten der drei Spuren. Doch genau hinter diesem Tunnel sah man rechts oben über den drei zuvor angegebenen Richtungen als oberstes „MARIENFELDE". „Ach ja, ich sollte ja ganz nach rechts fahren!", durchfährt es mich. Jede falsche Entscheidung in solchen Bruchteilen von Sekunden kann tödlich sein. Ich schaffte es noch gerade auf die ganz rechte Spur zu gelangen, wäre aber beinahe von einem rechts parallel hinter mir fahrenden Lastwagen auf dessen Schaufeln genommen worden. Ich war nass vor Schweiß. Solch einen Schrecken hatte mir dieses Lenkmanöver eingejagt. Und ich habe mich hinterher oft gefragt, wer konnte solch eine Dummheit begehen, jenes wichtige Hinweisschild unmittelbar nach dem Tunnel anzubringen und nicht ebenfalls davor? Und wie würde es sich in Gerichtsfällen bei Urteilsfindungen für Verkehrssünder verhalten? Würde der Richter als Repräsentant des Staates diesen etwa für schuldig halten und sagen: „Die Schuld ist dem Senat für unüberlegte Beschilderung zuzuschreiben." Wieviele Unfälle sind wohl damals an jener Stelle passiert, bis man jenes Schild auch vor dem Tunnel angebracht hatte? Hier wiederum wäre es besser gewesen, von einem Beschilderungspsychologen alle Verkehrsschilder vorher „abnehmen" zu lassen.

Ein Irrwitz bestand lange vor den Toren Berlins. Kam man vom Südring in Richtung Funkturm und wollte auf die Avus, dann sah man Hinweisschilder „NÜRNBERG/HANNOVER". Jeder, der in jene Richtungen zu fahren hat, kennt diese beiden Städtenamen. Er weiß: „Ich bin richtig." Er will vielleicht nach Stuttgart und weiß: Ich mussüber Nürnberg (oder über Hannover) fahren. Bei jener Abzweigung hinter Potsdam lauten die Autobahnschilder nach rechts „LEIPZIG/MAGDEBURG", jenes, das den Weg geradeaus markiert, „FRANKFURT/O". Viele Fahrer denken jetzt: „Dann bin ich ja richtig. Frankfurt liegt in meiner Richtung", ohne beim Fahren das „O" richtig wahrgenommen zu haben, denn dieses bezeichnet eben, dass das beschilderte „FRANKFURT/O" eben jenes an der Oder und nicht jene Großstadt am Main meint. Selbst ich, der ich schon Dutzende von Malen jene Strecke richtig gefahren war, fiel auf diese Falle herein und musste bei der nächsten erst nach vielen Kilometern möglichen Ausfahrt umkehren. Ein Freund von mir, der dringend nach München wollte, rief mich von unterwegs an, er sei nachts in Frankfurt an der Oder gelandet. Wie viele Tausende von Autofahrern sind ebenfalls wie wir in die Irre geleitet worden, nur weil man nicht ein wenig seitens der Autobahnbehörden – die vielleicht andere Prioritäten setzen wollten – ein wenig „weiter" gedacht hatte. Darum mein Rat: Jedes richtungsweisende Schild mussunbedingt erst von einem Straßenschildpsychologen begutachtet werden, der alle Möglichkeiten von irreführenden Reaktionen bei Autofahrern (speziell bei Ausländern) in Erwägung zu ziehen hat. Übrigens befindet sich jetzt am Südring anstatt des Richtungsschildes „Nürnberg/ Hannover" das Schild „Magdeburg/Leipzig".

Brief eines Taxifahrers an den Bürgermeister Berlins

Bei meinen Besuchen in Paris wurde ich immer wieder an Napoleons Gloria erinnert: „Gare d'Austerlitz", „Pont d'Jéna" usw. Noch heute sonnt man sich an vergangenem Heldentum, das doch so viel Leid über Millionen (!) Menschen damals gebracht hatte. Und als Geschichtslehrer und Taxifahrer werde ich dauernd in Berlin an Preußens Gloria gemahnt, nicht, dass die „Siegessäule", bestückt mit den vergoldeten Kanonenhälsen aus dem Deutsch-Französischen-Krieg 1870/71, den Großen Stern schmückt, denn viele Berliner haben sie schon längst in den „Friedensengel" umgetauft, mir noch anrüchig erscheint, aber vom Nollendorfplatz bis zur Wrangelstraße im hinteren Kreuzberg ist Berlin gespickt mit Namen von Schlachten und Generälen aus preußischer Großmachtsgeschichte. Ich will hier einige Straßen nennen, und wer will, kann im Lexikon nachforschen: Lützowplatz und Lützowstraße, Mackensenstraße, Derfflingerstraße, Großgörschenstraße, Goebenstraße, Yorckstraße, Hagelbergerstraße, Möckernstraße, Großbeerenstraße, Wartenbergstraße, Gneisenaustraße, Blücherstraße und Blücherplatz, Erkelenzdamm, Manfeuffelstraße, Muskauerstraße usw... . Es ließen sich gut und gern noch 10–20 Ruhmesstraßen hervorkehren. All diese Generäle samt ihren gewonnenen Schlachten (auch der preußische Kriegsminister Roon ist in Berlin dreimal mit Straßennamen geehrt) haben sicherlich Preußen und schließlich Deutschland „groß" gemacht, letzendlich dazu führte, dass man übermütig wurde und zwei Weltkriege inszenierte, welche Abermillionen Menschen das Leben Tod kosteten. Sollten wir als Bürger der Stadt nicht eine Lektion daraus gezogen haben und solche Gloriastraßen in Namen umwandeln, die vielleicht an die Heldentaten von Künstlern, Wissenschaftlern und verdienstvollen Menschen erinnern wie z.B. an Gandhi, Shakespeare (er hat nur einen Miniplatz), Cervantes, Dr. Bernard (1. Herzverpflanzer), usw., also an Menschen, die der Menschheit so viel an Wertvollem geschenkt haben? Sollte Berlin, als Initiatorin zweier Weltkriege nicht mit gutem Beispiel vorausgehen und sagen: Wir wollen das Zentrum des Weltfriedens werden, das also wiedergutzumachen trachten, was wir durch Kriege an Unheil der Welt zugefügt haben? Deshalb wollen wir zuerst mit allen Kriegsglorianamen aufräumen und sie umtaufen.

Ich weiß auch aus meinen Nachforschungen für meinen MOLAR-Roman, dass die englische Kriegsführung allein aus dem Grunde heraus besonders Kreuzberg bombadieren ließ, um die Viertel mit den Namen von Preußens Gloria dem Erdboden gleichzumachen und somit den deutschen Stolz am nachhaltigsten zu treffen. Dies ist bisher den damals dort Wohnenden verschwiegen worden, jenen, die so viele Tote zu beklagen hatten, von der Zerstörung ihrer Häuser ganz abgesehen. Ich schrieb als Taxifahrer an den Regierenden Bürgermeister diesbezüglich einen Brief. Nach mehreren Wochen erhielt ich aus seiner Kanzlei zur Antwort, dass man aus den Straßennamen auch die Geschichte der Stadt und des Landes ablesen könne, weshalb man auch diese Namen nicht zu ändern bereit sei.

Sicher, ich kann verstehen, dass die Stadt mit ihren Namen ein offenes Geschichtsbuch repräsentieren soll, obwohl ich als Geschichtslehrer weiß, dass kaum einer jener Schlachten oder Kriegsheldennamen (von Blücher einmal abgesehen) im Geschichtsunterricht erwähnt oder gar von Schülern im Gedächtnis behalten wird. Aber man könnte auch einmal anders, und zwar „zukunftsträchtig" anstatt „rückblickend" die Dinge sehen wollen. Wenn wir mit gutem Beispiel vorausgehen und alle unsere 200-300 Kriegsgloriananamen in der Hauptstadt Deutschlands abschaffen, werden vielleicht andere Städte und Länder diesem Beispiel folgen. Der Gedanke des Friedens wird somit bewusster verbreitet, was mit vorbeugen mag, eventuelle Kriege in der Zukunft unwahrscheinlicher zu machen. Ich könnte mir auch denken, wenn unser Regierender Bürgermeister bei der Bewerbung Berlins für die Olympischen Spiele dem Olympischen Kommitee versprochen haben würde, bis zum Jahre 2000 alle Kriegsnamen aus Berlin zu tilgen, die Entscheidung als Austragungsort der Olympischen Spiele 2000 vielleicht zugunsten einer „Weltfriedensstadt" gefallen wäre. Es ist immer leichter zurückzublicken. Doch was Politiker im Ende groß macht, sind auch die klaren Erkenntnisse und Entscheidungen für die Zukunft.

Saß der Taxifahrermörder in meinem Taxi?

Als mir in Boston ein Taxifahrer erzählte, dass monatlich mehrere Kollegen im Taxi ermordet werden, wunderte ich mich, dass überhaupt noch Taxen unterwegs waren. Gott sei Dank, so dachte ich, dass Berlin nur selten einen Mord an einem Kollegen zu verzeichnen hatte. Aber nach Berlin zurückgekehrt, hörte ich von Kollegen, dass eine Kollegin am Barbarossa Platz in ihrer Taxe ermordet worden war.

Am 26.12.1988 um 23.30 Uhr wurde am großen Wannsee 46a (also unweit jener Villa, in welcher die berüchtigte „Wannseekonferenz" stattfand, wo Heydrich den SS-Oberen die Anweisung „von oben" weitergab, alle Juden Europas in Vernichtungslagern umzubringen) unser marokkanischer Kollege Achmed Boulani durch zwei Schüsse in den Hinterkopf in seinem Taxi ermordet. Er war seit vier Jahren Taxibesitzer. Seine ganze Familie hatte er bei dem großen Erdbeben von Agadir verloren. Sein Taxameter zeigte 36.80 Mark an.

In nämlicher Nacht brachte ich zwei Stunden später ein Ehepaar nach Wannsee. Als ich gegen 1:40 Uhr zur Haltestelle am dortigen S-Bahnhof fuhr, winkte schon ein wartender Mann und stieg ein. Er war ein stattlich gekleideter Türke um die fünfzig, der sehr aufgeregt schien.

„Bringen Sie mich auf dem schnellsten Weg nach Spandau. Meine S-Bahn ist gerade weggefahren. Die nächste kommt erst in einer halben Stunde."

„Wollen wir über die Avus fahren oder auf dem kürzesten Weg an der Havel entlang?"

„Ist mir egal, was eben schneller geht."

Natürlich ist der Weg an der Havel entlang der bei weitem kürzere. Doch welcher Taxifahrer möchte schon nachts mit einem unbekannten Mann im Rücken diese einsame Strecke fahren, auf der über zehn Kilometer lang sich nur einsames Ufer und Wald befinden, wo keine Menschenseele sich nachts allein hintraut. Mir war es ein wenig unheimlich, weshalb ich ihm auch den Vorschlag machte, über die Avus zu fahren, obwohl es sich dabei um einen Umweg von mindestens 3-4 Kilometer handeln würde. Doch mein Gewissen folgend, immer als Taxifahrer den kürzesten Weg, zugunsten des zahlenden Fahrgastes also, zu fahren, so dieser nicht einen anderen Fahrweg vorschlägt, entschied ich mich nun doch für die Strecke an der Havel entlang.

Kolleginnen aber auch Kollegen rufen meist bei abseitsgelegenen Fahrten wie dieser oder auch in entferntere Vororte die Taxifunkzentrale an und geben ihren Weg samt Fahrziel an, denn so sie sich lange nicht melden sollten, wird nach ihnen gefahndet. Mir war diese ganze Fahrt unheimlich. Der Türke erzählte mir die ganze Zeit über sich. War er betrunken bzw. beschwippst? Hatte er Drogen genommen? Irgendetwas stimmte nicht. Er erzählte in gebrochenem, doch gutverständlichem Deutsch, dass er schon zwanzig Jahre lang in Deutschland sei, doch davon zehn Jahre in Berlin lebe und gerade an einer Party teilgenommen habe. Mir fiel es als eigenartig auf, dass ein Türke für solch eine weite Strecke überhaupt ein Taxi nimmt, denn das Motto heißt immer: „Sparen, Sparen!", dass dieser weiterhin ein Taxi nimmt, wo ihm doch die S-Bahn zur Verfügung gestanden hätte, denn was bedeutet eine halbe Stunde Wartezeit für einen Türken, wenn er dadurch etwa 30 Mark sparen könnte? Warum hatte er diese große Eile, vom Wannsee wegzukommen? All das ging in meinem Kopf herum, während er zum Beiapiel über die schlechten Straßenverhältnisse in der Türkei schimpfte. Es war eine große innere Unruhe in ihm, und er rutschte auch dauernd auf dem Hintersitz hin und her. Und ich dachte: „Will er mich nur durch Worte irgendwie ablenken? Will er nicht was verbergen? Hat er etwas Hinterhältiges vor?" Ich weiß nicht, warum ich so ein ungutes Gefühl hatte.

Am Spandauer Rathaus ließ er sich absetzen. Als ich mich an die sogleich dort befindliche Haltestelle hintenanstellte und den Taxifunk wieder einschaltete, hörte ich gleich die Durchsage: „Um 23:30 Uhr ist ein Kollege am großen Wannsee 46a erschossen in seiner Taxe aufgefunden worden. Die Polizei fragt an, wer von unseren Kollegen und Kolleginnen in den anschließenden zwei Stunden etwas Verdächtiges in dieser Gegend bemerkt oder eine verdächtige Person aus jener Gegend befördert habe."

Ich bekam einen großen Schrecken. Hatte ich etwa gerade den Taximörder befördert? Ja, so wurde mir klar: Sein ganzes Verhalten war irgendwie merkwürdig. Und außerdem: Warum nach so einer Fahrt – er hatte es doch eilig – ließ er sich an einem neutralen Ort wie das Spandauer Rathaus absetzen und ließ sich nicht die paar hundert Meter noch bis vor seine Haustür befördern? Wenn dieser der gesuchte Mörder gewesen war, dann hätte er mich ja auf der einsamen Strecke an der Havel ebenfalls ermorden können, meine Leiche aus dem Wagen werfen und mit meinem Taxi weiterfahren können. Ja, ich mussunbedingt sofort die Polizei benachrichtigen.

Ich legte also per Telephon der Polizei meine Verdachtsmomente dar und gab eine Beschreibung der beförderten Person nebst meinem Namen und meiner Adresse samt Telephonnummer. Jedoch hat sich danach keiner mehr von der Polizei bei mir gemeldet. Wahrscheinlich auch deswegen, weil mehrere Kollegen bezeugt hatten, dass am Flughafen in das Taxi von Achmed Boulani ein Mann mit Lederjacke eingestiegen sei. Aber konnte mein Fahrgast, so er der Mörder war, nicht irgendwo eingebrochen sein und sich umgekleidet haben? Die Mordwaffe fand man am folgenden Tag in einem Gebüsch. Sie war bestimmt für einen Mörder „wertvoller" als die erraubten paar Hundertmarkscheine. Warum begeht ein Mörder solch eine Tat, wobei er doch kaum etwas „gewinnen" kann, doch eine lebenslange Haftstrafe aufs Spiel setzt, wenn er gefasst und überführt würde? Sind solche Mörder von bösen Kräften besessen, die sie zu selbst so widersinnigen Taten treiben?

Ich hoffe nicht, dass unsere Berliner Taxen wie jene in den Großstädten Amerikas ebenfalls eine Trennscheibe zwischen Vorder- und Hintersitzen eingebaut bekommen, denn das wäre wohl auch das Ende von ausführlichen Gesprächen oder gar von Herzensberichten. Dann würde mir wenigstens das Taxifahren kaum noch Freude bereiten.

Das Thailändische Horoskop

Mitte März des folgenden Jahres stieg am Stuttgarter Platz eine Frau um die Fünfzig in meine Taxe, nachdem sie gefragt hatte, ob sie rauchen dürfe, was ich bejahte. Doch bat ich sie – wie ich es in solchen Fällen immer tu – ihr Fenster einen Spalt weit zu öffnen. Da sie mit einem Akzent sprach, fragte ich sie, ob sie aus Österreich sei, was sie bejahte. Sie wollte zum Kottbusser Damm. Bei längeren Fahrten bin ich immer eher geneigt, ein Gespräch zu beginnen, kann man sich durch ein solches doch gegenseitig bereichern.

Schließlich stellte ich ihr auch meine so oft schon gefragte Frage: „Glauben Sie an ein Leben nach dem Tod?"

Und sie entgegnete: „Bis vor fünfzehn Jahren hätte ich mit einem glatten ‚Nein' geantwortet. Doch damals ist meine Mutter an einem Gehirntumor operiert worden. Danach blieb sie lange im Koma, und die Ärzte machten uns, ihren Kindern, keinerlei Hoffnung. Wenige Tage darauf wachte ich nachts auf, und meine Augen wendeten sich zum Schrankspiegel. Dort sah ich, so schien es mir, eine Gestalt, die auf einmal hervortrat: Ich erkannte nun ganz deutlich meinen verstorbenen Vater, der mir sagte: ‚Hab keine Angst, Mama stirbt nicht.' Dann war er bzw. diese Spukgestalt wieder verschwunden. Ich redete mir ein, alles nur geträumt zu haben und schlief wieder ein. Aber am nächsten Tag rief mich meine Schwester an und sagte: ‚Stell dir vor, der Papa war gestern nacht bei mir und sagte, dass Mama nicht stirbt.'

Seitdem weiß ich natürlich, dass es ein Leben nach dem Tod gibt. Übrigens wachte wirklich unsere Mutter wieder aus dem Koma auf und lebte noch mehrere Jahre.

Ich bin eine sehr skeptisch eingestellte Frau. Doch ich habe seit jenem Erlebnis manche Gelegenheit wahrgenommen, um mehr über jene Dinge zwischen Himmel und Erde kennenzulernen. Doch das Erstaunlichste passierte mir im vorletzten Jahr kurz vor Silvester.

Ich besuchte eine thailändische Horoskopdeuterin. Sie sagte mir, dass ich im folgenden Februar ein großes Fest feiern würde, ebenso im April und im Mai, und dass ich im September eine große Erbschaft machen würde, und zwar ohne dabei trauern zu müssen. Und – Sie werden es nicht glauben – alles ist eingetroffen. Im Februar feierten wir groß den 21. Geburtstag meiner Tochter, und im April heiratete sie. Im Mai heiratete ich selbst zum zweiten Mal und im September verstarb mein Chef. Dieser hinterließ mir eine größere Erbschaft. Was sagen Sie nun?"

Diese Frage möchte ich lieber an die Leserin oder den Leser dieses Buches stellen. Was hätten Sie darauf geantwortet? Oder wäre es Ihnen ebenso ergangen, dass es Ihnen wie mir die Sprache verschlug.

Nachdem ich diese Dame am Zielort abgesetzt hatte, fuhr ich gleich an den erstbesten Straßenrand und machte mir Notizen über dieses Gespräch.

Am 24.1.95 stieg eine etwa 65-jährige Dame mit ausländischem Akzent in mein Taxi. Ich stellte ihr meine Standardfrage, woraufhin sie sagte: „Ich hätte bestimmt nicht an ein Leben nach dem Tod geglaubt, wenn ich nicht folgendes erlebt hätte. Ich habe oft Wahrträume, sodass sich das Geträumte schon meist am folgenden Tag als wahr erweist. So träumte ich einst, dass mein Bruder aus Israel mich anrief, um mir zu sagen, dass unser Vater verstorben sei. Ich erzählte diesen Traum am Morgen meinem Mann, der entgegnete: ‚Du immer mit deinen komischen Träumen.' Als ich vom Morgeneinkauf zurückkehrte, öffnete mein Mann, ganz blass, die Wohnungstür, und ich sagte: ‚Hat mein Bruder angerufen?' Er nickte. ‚Ist Vater gestorben?' Und er nickte wiederum. Ich flog schon am nächsten Tag nach Israel.

Ein halbes Jahr später erschien mir mein Vater im Traum und sagte: ‚Besuche Mutter zu ihrem Geburtstag. Es ist das letzte Mal, dass du sie sehen wirst.' Ich flog also wieder nach Israel. Und tatsächlich, wenige Monate, nachdem ich nach Berlin zurückgekehrt war, erhielt ich die Nachricht von ihrem Tod."

Silvester, die „Nacht der Nächte"

Für Taxifahrer ist die Neujahrsnacht die „Nacht der Nächte". Denn nun herrschen paradiesische Taxizustände – von der Seite der Taxifahrer her gesehen. An jeder Hauptstraßenecke stehen winkende Fahrgäste. Im Stadtzentrum gar reißt man – wie man so sagt – die Klinken von der Taxe, um vor jemand anderem schnell einzusteigen. Der Taxifahrer ist also ständig beschäftigt. Oft gibt es sogar weitere Fahrten. Wenn immer ich über Neujahr in Berlin war, habe ich mir die Neujahrsnacht nie entgehen lassen. Die Taxifunk-gesellschaften nehmen auch für diese Nacht keine Vorbestellungen entgegen, da kaum ein Taxifahrer von den Funkaufträgen Gebrauch macht, gibt es doch überall Fahrgäste in Hülle und Fülle. Große Hotels und Prestigerestaurants können selbst für ihre Fünf-Sterne-Gäste auch gegen hohe Trinkgelder kein Taxi bestellen. Es herrscht Taximangel. Ein Taxi zu erwischen ist reine Glückssache. Das berühmte Varieté ‚Der Wintergarten' in der Potsdamerstraße hat sich etwas Besonderes ausgedacht. Jeder Taxifahrer, der nach ein Uhr vorfährt und Fahrgäste einlädt, erhält für eine Vorstellung während der nächsten Wochen zwei Freikarten. Das ist sehr klug durchdacht, weiß man doch, dass an gewissen Tagen die Plätze sowieso nicht alle besetzt sind und man sich also nichts „vergibt". Auf diese Weise bin ich dort auch mit Part-nerin zu einer Varieté-Aufführung gekommen.

Früher war ich noch dumm bezüglich meiner Aus-wahl von Fahrgästen in der Silvesternacht. Jeder, der zuerst am Taxi war, durfte als erster einsteigen. Dann aber habe ich mich dazu entschieden, zuerst Körper-behinderte einzuladen, dann alte Herrschaften, dann allein unterwegs seiende Frauen, schließlich Frauen, dann erst Paare und ganz zuletzt nach mehreren Her-ren die einzelnen Herren, vorausgesetzt, dass sie keine Bierflaschen in den Händen halten oder alle An-zeichen von Trunkenheit von sich geben.

Ich hatte gerade gegen drei Uhr in dem Mariendor-fer Hundsteinweg zwei Herrschaften abgesetzt, als ich mich mit der gelb erleuchteten Taximarkierung auf dem Dach wieder dem Mariendorfer Damm näherte. Es hatte gerade zu nieseln begonnen, und Fahrgäste, müde, beschwippst, frierend und nun gar noch nass werdend, warteten ungeduldig darauf, wann wohl endlich eine leere Taxe aufkreuzen würde. Plötzlich stürmten zwei junge Männer mit ihren Freundinnen auf mein Taxi zu. Ich sah, wie erstere Bierflaschen in den Händen hielten, verriegelte schnell die Taxe von innen, stellte meine Leuchtreklame aus und fuhr rechts um die Ecke, wo ich vor zwei anderen Paaren etwas älteren Aussehens anhielt und diese zu ihrer überraschenden Freude einlud. Als Fahrziel nannten sie die Großgörschenstraße in Schöneberg.

Als ich in die Ringstraße einbog, meckerte der hinter mir sitzende Mann, wie ich denn fahren würde. Er sei selbst Taxifahrer gewesen und ich wolle wohl mit ihnen eine Stadtrundfahrt auf ihre Kosten machen. Ich sagte ihm in aller Ruhe, dass ich den kürzesten und schnellsten Weg über den Grazer- und den Sachsendamm nehmen werde, worauf er immer noch schimpfte. Und ich dachte: „Soll ich sie allesamt wieder aussteigen lassen? Die sollen froh sein, jetzt ein Taxi bekommen zu haben." Aber dann dachte ich an die beiden Frauen, die sonst weiterhin in der Kälte und in dem Regen stehen müssten. Ich fuhr weiter und verpasste vor lauter innerem Hin und Her die Abfahrt in der Gersdorfstraße, lenkte aber gleich in die nächste Straße wieder ein, sodass ich einen Umweg von zweihundert Metern gemacht haben dürfte.

„Wo fahren Sie denn jetzt entlang? Was fällt Ihnen ein?"

Ich versuchte, es zu erklären. Aber jener Mann, während sich die drei anderen Fahrgäste ruhig verhielten, schimpfte wie ein „Rohrspatz", während ich ihm die Umstände erklärte und ihm versicherte, ihn nachher eine Mark von der Endsumme abziehen zu wollen.

Am Sachsendamm angekommen, wollte er, dass ich anhielt, um ohne zu zahlen auszusteigen. Nun hatte ich schon über 20 Mark auf der Uhr. Hilfe von anderen Taxifahrern, die alle besetzt im Einsatz waren, konnte ich nicht erwarten. Ich wusste, dass es in der Hauptstraße eine Polizeistation gab, wohin ich sie bringen wollte, um mit deren Hilfe zu meinem Geld zu kommen. Hätte ich doch alle vier unentgeltlich am Sachsendamm nur aussteigen lassen, ich hätte mir viel Ärger erspart.

In der Hauptstraße konnte ich einen Streifenwagen der Polizei anhalten, der schließlich die Personalien jenes Herrn aufnahm, der sich weigerte, auch nur einen Pfennig zu zahlen, obwohl sein Fahrziel bis auf einen Kilometer fast erreicht war, den nun die vier Herrschaften im Regen zu Fuß zurückzulegen hatten, während ich die notierten Personalien in den nächsten metallenen Papierkorb warf, wie sie an fast allen wichtigen Straßenecken an den Masten von Verkehrsschildern oder -ampeln angebracht sind. Als ich am nächsten Morgen einem Kollegen diesen Vorfall schilderte, meinte er: „Du hättest doch heute anrufen können. Sicherlich war er gestern betrunken. Wieder im nüchternen Zustand wird er sich entschuldigen und dir das Geld übergeben." Nun, man lernt immer dazu.

Eine Traumfahrt wird zur Alptraumfahrt

An einem Abend – es war schon dunkel – stand ich mit meinem Taxi am Berlinicke Platz. Ich sah, wie eine ältere Frau sportlichen Typs sich dem Wagen vor mir näherte, schließlich dann zu mir kam und mich fragte, ob ich auch nach Luckenwalde fahren würde. Ich wusste, dass dieser Ort irgendwo im Süden Berlins liegt, wie weit er aber tatsächlich entfernt war, konnte ich nicht sagen. Solche weiten Fuhren ins Umland sind nicht unbedingt von uns Fahrern beliebt, heißt es doch, leer zurückzufahren. Ich wollte gerade bedauernd absagen, als sie hinzufügte: „Ich fahre auch anschließend mit Ihnen gleich nach Berlin zurück." Nun gab es für mich kein Zögern, denn das versprach eine lukrative Fahrt zu werden. Hätte sie den vor mir befindlichen Taxifahrer von der Rückfahrt erzählt, wäre er auch sicherlich gefahren. Nachdem sie im Taxi Platz genommen hatte, sagte sie: „Fahren Sie aber zuerst noch drei Straßen in Richtung Stadt, ich muss noch etwas kontrollieren."

Ich setzte sie, die, wie sie mir später berichtete, schon Fünfundsechzigjährige an einer Häuserecke ab, und im wahrsten Winne des Wortes „sprintete" sie los. Nach drei Minuten kehrte sie im Sprinttempo zur Taxe zurück und sagte: „Nun, fahren wir also nach Luckenwalde. Ich habe nur knapp 200 Mark, wird das reichen?" Ich hatte inzwischen über Funk von einem Taxikollegen erfahren, dass Luckenwald etwa sechzig Kilometer südlich von Berlin an der Bundesstraße 101 liege. Ich sagte: „Das reicht allemal." Und nun legte sie mir in aller Ausführlichkeit den Grund ihrer

Stippvisite nach Luckenwalde dar. Ihr gleichaltriger Mann hätte dort eine Geliebte, und zwar ihre siebzig Jahre alte verwitwete Schwägerin. Sie selbst habe gerade noch bei der Zweitwohnung ihres Mannes nachgesehen, ob sein Mercedes vor der Haustür stand. Sie habe schon seit langem den Verdacht, dass er mit ihrer Schwägerin seit zehn Jahren ein Verhältnis hätte, doch habe er bisher alles abgestritten. Nun sei er schon drei Tage nicht mehr bei ihr aufgetaucht. Sie wolle sich von ihm scheiden lassen, zuvor aber Gewissheit haben, dass er sie mit einer anderen Frau betrüge. Wenn sie also jetzt seinen Mercedes vor der Haustür in Luckenwalde entdecken würde, wäre der Fall für sie und auch für ihren Scheidungsanwalt klar. Während sie erzählte, befanden wir uns schon auf der oft holprigen und regennassen Bundesstraße 101 und passierten Großbeeren. Worauf hatte ich mich bloß eingelassen?

Ich gab ihr zu bedenken, dass es sich doch nicht mehr in ihrem Alter lohne, noch eine Scheidung einzureichen. Aber sie erklärte mir, dass sie ein ganzes Eheleben lang ihrem Ehemann jeden Wunsch abgelesen und alles für ihn getan hätte, jetzt aber unmöglich dulden könne, dass er derart undankbar ihr gegenüber sei und sich seiner Schwägerin zugewandt habe.

„Vielleicht ist er mit ihr auch nach Gran Canaria geflogen. Geld haben ja beide genug. Das würde ihm ähnlich sehen. Mit mir ist er schon jahrelang nicht mehr verreist."

In Luckenwalde beim ersten Wirtshaus angekommen, sprang sie wieder aus der Taxe heraus, um auf

dem im Dunkeln gelegenen Parkplatz nach dem Wagen ihres Mannes Ausschau zu halten. Da sie einen
Zweitschlüssel hatte, wollte sie, so sie den Wagen
fand, nur aufschließen und auf den Sitz einen Zettel
legen mit den Worten: „Von nun ab sind wir auf immer geschieden." Doch auf jenem wie auch auf weiteren Parkplätzen der Stadt war der Mercedes ihres
Mannes nicht zu finden. Das Haus der Schwägerin an
einer Einbahnstraße mit Parkverbot gelegen, war in
den oberen Etagen, wo jene wohnte, unbeleuchtet.

„Sie ist nicht zu Hause", stöhnte sie. „Auch den Wagen können wir nirgends finden. Wahrscheinlich
parkt dieser am Flughafen oder irgendwo in der Stadt.
Die beiden sind bestimmt auf Gran Canaria. Fahren
wir wieder nach Berlin zurück."

Als wir uns der Hauptstadt wieder näherten, betrug laut Uhr der Fahrpreis schon 180 Mark. So viel
hatte ich noch nie auf dem Taxometer zu stehen gehabt. Absoluter Rekord, wer hätte das gedacht! Da ich
ihr versprochen hatte, dass der Fahrpreis unter 200
Mark bleiben würde, denn sie hatte ja – wie sie sagte
– nicht genügend Geld dabei, stellte ich die Uhr ab.

Soeben hatten wir das Ortsschild „Berlin" passiert.
Da nur wenige Häuser zu sehen waren und auch sonst
kein Verkehr weit und breit zu entdecken war, fuhr
ich wie vorher auf der Landstraße immer noch mit 80
Stundenkilometern weiter, mit der Absicht, allmählich die Geschwindigkeit auf die erlaubte Stadtge-
schwindigkeit übergehen zu lassen. Auf einmal blitzt
es rechts hinter mir. Oh, weh!

Und bei der nächsten Straßenecke winkte mich
schon ein Polizist rechts in eine Nebenstraße, wo ein

größerer Polizeiwagen mit „Sofortkasse" aufnahmebereit stand. Normalerweise wissen wir Taxifahrer, wo jene „Blitzer" oder „Minis" der Polizei aufgestellt sind, denn der „Wetterbericht" wird von Kollegen durchgegeben. Aber dieses Gewitter kam zu plötzlich. Jedes zweite Jahr trifft es mich eben, trotz „Wetterbericht". Dann bleibt einem nichts anderes übrig, als zu zahlen. Ich bin kein Raser, ja ich habe die von mir selbst nachts auf leeren Straßen zu fahren vorgenommenen Geschwindigkeiten nie überschritten. Denn kein Taxifahrer fährt nachts auf leeren Straßen die vorgeschriebenen 50 bzw. 30 Stundenkilometer. Ich bin einmal als Fahrgast mit einem ausländischen Kollegen gefahren, der mit 100 Sachen durch die Straßen und mit 140 über den Stadtring brauste. Ich fand das einfach unverantwortlich.

Aber nun war ich mit 80 Stundenkilometern geblitzt worden. All das und noch mehr, was ich auf dieser meiner lukrativsten Fahrt an Verdienst eingefahren hatte, ging nun als Buße in die Staatskasse. Meine Vorfreude über den Verdienst bei dieser langen Fahrt war also umsonst gewesen. Die Traumfahrt hatte sich in eine Alptraumfahrt verwandelt. Für diese Frau wie für mich war diese Fahrt eine vergebliche Fahrt gewesen.

Auf den Trümmern den Glauben an Gott wiedergefunden

Am 16. Januar 1988 stieg eine etwa fünfundsiebzig-jährige Frau in meine Taxe. Nachdem wir ins Ge-spräch gekommen waren, erzählte sie, wie sie sich als Dreiundzwanzigjährige einer schwierigen Operation hatte unterziehen lassen müssen. Nach der Operation gaben die Ärzte ihrem Vater zu verstehen, dass sie seiner Tochter keine Überlebenschancen mehr ein-räumen würden. „Und da ich katholisch war, gaben sie meinem Vater zu verstehen, am besten gleich den Priester für die letzte Ölung kommen zu lassen. Doch mein Vater weigerte sich, da, wie er meinte, solch eine Handlung nur meinen letzten Lebenswillen nehmen würde. Ich selbst konnte nicht sprechen. Doch auf ein-mal sah ich meine verstorbene Mutter auf einem Stuhl neben meinem Bett sitzen. Und plötzlich wusste ich, dass sie gekommen war, um mir zu helfen, damit ich wieder gesund würde!"

Als ich einige Stunden später einen alten humpeln-den Mann in meine Taxe eingeladen hatte, kamen wir ebenfalls schnell in ein eingehendes Gespräch.

„Ob ich an ein Leben nach dem Tod glaube, weiß ich nicht. Aber dass es Gott gibt, ja, dass habe ich er-fahren dürfen. Ich befand mich während der Kriegs-jahre auf Urlaub in Berlin. Als die Sirenen aufheulten, sind wir schnell in die Luftschutzräume geeilt. Wir waren es ja schon gewohnt. Bisher konnten wir im-mer ungeschoren aus unserem Keller nach der Ent-warnung wieder hervorkommen. Unser Haus hatte, von einigen Schrammen abgesehen, noch nichts aufs Dach bekommen. Nun saßen wir wieder in unserem Keller. Ich saß zwischen meinen Eltern und meiner Verlobten. Wir hörten, wie es krachte. Die Bomben kamen immer näher. Dann zitterte oftmals der ganze Boden. Viele im Keller beteten. Ich hatte seit meiner Jugend nie mehr gebetet. Ich glaubte nicht an Gott. Diese ganze Beterei und Frömmelei war nur was für Schwache und Ängstliche. Aber für einen Mann wie mich, der im Krieg hart geworden war, war die ganze Religion Volksverdummung.

Doch dann überstürzte sich alles. Wir hatten einen Volltreffer bekommen. Alles wackelte, Staub, Schreie, Dunkelheit, und dann fielen Teile der Decke auf uns herab. Ein großer Mauerteil stürzte auf mein rechtes Bein. Ich fühlte einen ungeheuren Schmerz. Doch es gab kein Nachdenken. Nur eines hatte ich im Sinn: ‚Raus! Raus!' Ich kämpfte mich mit meinen Armen über die Trümmer. Irgendwo sah ich eine Öffnung. Und dann hatte ich es geschafft. Ich war unter freiem Sternenhimmel, überall brannte es. Ich war ganz benommen. Alles war irreal. Ich lag auf einem Berg von Trümmern. Keine Menschenseele um mich herum. Dannn befühlte ich mein rechtes Bein. Ich fühlte dort Nässe. Dann sagte ich erschrocken: ‚Das ist ja Blut! Wo ist mein Bein? Es ist ja gar nicht mehr da?' Jawohl, unterhalb des Kniegelenks fehlte mein rechtes Bein. Blut strömte hervor. Ich wusste nicht, was ich hätte tun können. Dann kam ich erst wieder zur Besinnung und wusste, was gerade passiert war. Ja, wo waren meine Eltern, meine Verlobte? Ich wusste: Jetzt war alles aus. Jetzt werde ich auch sterben. Jetzt kommt der Tod. Und in meiner Angst faltete ich auf einmal die

Hände und bat: ‚Bitte, Gottvater, lass mich nicht sterben. Rette auch meine Eltern und meine Ella.'

Und Gott hatte mein Gebet erhört. Alle drei sind durch einen weiterführenden Gang durch das Nebenhaus, wenn auch verwundet, doch lebend herausgekommen. Auch ich wurde bald gefunden und operiert. Seitdem trage ich eine Protese. Durch dieses Erlebnis habe ich zu Gott zurückgefunden. Ich danke ihm auch heute noch dafür und gehe oft in die Kirche, um dort meine Dankgebete zu sprechen."

Mit dem Pendel die Wasserkreuzung aufgedeckt

Am Ostermontag 1992 stehe ich um 11.40 Uhr schon fast seit einer Stunde an der Taxihalte „Maggistratsweg". Nun werde ich, der ich als erster Wagen dort zu stehen gekommen bin, von meiner Funkzentrale angesprochen und erhalte einen Auftrag. Nachdem ich diesen bestätigt habe, füge ich noch hinzu: „Na, endlich. Ich stehe hier fast schon eine Stunde", woraufhin die Kollegin von der Funkvermittlung entgegnet: „Na, dafür hat sich das Warten sicherlich gelohnt." Die Fahrt eines Fünfundzwanzigjährigen geht nach Britz. Jawohl, für diese lange Fahrt hat sich eine Stunde Wartezeit gelohnt.

Kaum ist er an seinem Zielort ausgestiegen, wird die Halte „Krankenhaus Neukölln" durch Funk angesprochen. Und da dort keiner von uns steht, wird der Aufruf freigegeben. Das heißt, jener erhält von uns den Auftrag, der dem Abfahrort des Fahrgastes am nächsten ist. Das bin in diesem Falle ich. Mir wird vermittelt, von der Notaufnahmestation im Krankenhaus eine Frau X abzuholen.

Diese Rothaarige ist Ende dreißig. Nachdem ich sie gefragt habe, was ihr fehle, erläutert sie, dass sie wegen unaushaltbaren Schmerzen im Darmbereich sich in das Krankenhaus von einer Taxe habe bringen lassen, um sich dort eine Spritze geben zu lassen. Bald komme ich mit meiner Lieblingsfrage hervor: „Glauben Sie an ein Leben nach dem Tod?", und sie entgegnet: „Wieso stellen Sie mir jetzt gerade diese Frage?" Ich antwortete, dass es wahrscheinlich „Eingebung" sei, denn wann immer ich das Gefühl hätte, diese Frage stellen zu sollen, dann stellte ich sie auch.

„Wissen Sie, dass ich gerade die Ärztin gefragt habe, ob sie wisse, was mit uns Menschen nach dem Tode passiert?"

„Und was antwortete sie?"

„Sie sagte: ‚Darüber könne man nichts wissen!' Ich suche schon lange nach einer Antwort. Vielleicht können Sie mir eine Antwort geben. Ich lebe nämlich nicht mehr lange. Ich habe Krebs. Man hat mir schon einen Bypass hineinoperiert. Doch ich weiß, dass ich noch nicht sterben werde. Ich gebe nicht auf."

Ich erzählte ihr jetzt von der Ärztin Elisabeth Kübler-Ross und wie sie ohne Zweifel nachgewiesen hat, dass es ein Leben nach dem Tod gebe. Ich erzähle ihr von Diane White, die schon als junges Mädchen auf Einladung hin die englisch sprechenden Länder aufsuchte, um dort Beweise für ein Leben nach dem Tod zu geben. Denn sie sieht die Verstorbenen und kann den Hinterbliebenen direkt überzeugende Botschaften geben.

„Ich habe sie", so führte ich weiter aus, „in Südafrika aufgesucht. Und sie erzählte mir, dass sie ein paar Tage vorher im Krankenhaus den Tod ihres Vaters miterlebt hätte. Wie sie mir berichtete, hatten sich zweiunddreißig Jenseitige, die sie deutlich sah und einige auch noch als Irdische gekannt hatte, versammelt, um ihn abzuholen. Als sein Geistkörper sich schließlich aus dem irdischen Körper herausgelöst hatte und die deutlich zu sehende Silberschnur sich auseinanderlöste, sah ihr nun ‚verschiedener' Vater plötzlich seine Mutter vor sich stehen. Sie umarmten sich und weinten Tränen der Freude. Sein Vater, seine Geschwister, Freunde und Bekannte waren gekommen, um ihn zu empfangen. Sie hatten Blumenkränze mitgebracht, um sie ihm um den Hals zu hängen. Es war eine große Wiedersehensfeier, so, als ob ein deutscher Kriegsgefangener aus Sibirien in sein Heimatdorf zurückkehrt und dort einen großen Willkommensempfang auf dem Bahnhof erhält."

Ich verwies sie auf das von mir übersetzte Buch von Anthony Borgia ‚Das Leben in der Unsichtbaren Welt', das ihr viele Auskünfte über das erteilen würde, was uns nach dem Tode erwartet.

Ich sprach ihr gegenüber auch die Vermutung aus, dass ihr Bett sich vielleicht genau über einer Wasseraderkreuzung befinde. Und da ich „zufällig" in der an jenem Tag ausgewechselten Jackentasche ein Pendel vorgefunden hatte, bot ich ihr an, ihr Schlafzimmer auspendeln zu wollen.

„Wieviel kostet das?"

„Das mache ich gratis."

Wie sie mir erzählt hatte, wohnte sie mit ihrem ausländischen Freund zusammen, von einem Hund samt dessen Einzelwelpen hatte sie jedoch nichts verlauten lassen. Denn sobald ich ihrem Freund vorgestellt worden war und die Hündin und ihre Welpen ebenfalls begrüßt hatte, leckte mir diese meine Schuhe.

Wie ich nun mit dem Pendel ausmessen konnte, befand sich genau auf Bauchhöhe unter ihrem Bett eine Wasserader.

„Wie lange schlafen Sie schon an dieser Stelle?"

„Seit sechs Jahren."

„Und wo schliefen Sie früher?"

„Im Nebenzimmer."

Wir gingen dorthin, und ich ließ mir den früheren Standort ihres Bettes beschreiben. Hier fand ich keine Wasserbeeinträchtigung vor. Als ich ihr erklärte, dass Katzen gerne auf Wasseradern schlafen, Hunde diese aber meiden, sagte sie: „Früher, als ich noch hier schlief, hat meine Molly immer neben mir im Bett geschlafen. Aber als ich mein Schlafzimmer nach drüben verlegt hatte, kam sie nie mehr zu mir ins Bett. Ich habe mich damals gefragt, ob ich sie beleidigt hätte. Denn ich wusste einfach nicht, warum sie nicht mehr zu mir ins Bett steigen wollte."

Ich berichtete ihr über die Forschungen, die der Freiherr von Pohl schon in den dreißiger Jahren durchgeführt habe, und riet ihr, ihr Bett an den früheren Ort wieder zurückzustellen. Danach saß ich mit beiden noch zusammen, und auch dieser scheue Südländer stellte nun Fragen über Reinkarnation und einem Leben nach dem Tod.

Und wieder in der Taxe befindlich, sagte ich meinen unsichtbaren Freunden herzlichen Dank, dass sie mich am Morgen gerade jene Jacke anziehen ließen, in welcher ich einen Pendel vorfand, als ob sie schon im voraus gewusst hatten, dass ich ihn an jenem Ostermontag benötigen würde.

Mit dem weltberühmten Geiger im Gespräch

Am Sonnabend, den 18. März 1989, eilte ich mit dem Taxi zur Philharmonie, da Kollegen durchgesagt hatten, dass die Vorstellung beendet sei und es genügend Fahrgäste gebe. Doch als ich schließlich dort ankam, waren die übrigen herbeigeeilten Taxis schneller als ich vor Ort gewesen und hatten schon alle Fahrgäste eingeladen. Doch plötzlich konnte ich einen Funkauftrag zum Künstlereingang der Philharmonie übernehmen. Also hatte ich doch noch Glück. Dort stieg ein halbglatzköpfiger Herr mit Schnurrbart hinten ein, nachdem er einer jungen hübschen Dame, die eine langstielige Rose in der Hand hielt, die Tür aufgehalten hatte, während vorne mit Geigenkasten ein Mittvierziger Platz nahm. Obwohl der hinter mir Sitzende gut deutsch sprach, hörte ich aus dem Akzent heraus, dass er Amerikaner war. Ich dachte, ich hätte Mitglieder eines gastierenden Orchesters im Wagen, und fragte auf Englisch: „Was haben Sie heute Abend gespielt?" Der Vordermann antwortete: „Stravinsky, Beethoven und Fuchs."

„Ich kenne den letztgenannten Komponisten nicht. Sind Sie Mitglieder des Orchesters?"

„Nein, wir sind die Solisten."

„Wie heißen Sie?"

„Ich bin Pinkas Zuckermann."

„Natürlich kenne ich Sie. Ich habe Ihr Bild auf vielen Schallplattencovers gesehen und sie oft im Radio in meinem Taxi gehört. Haben Sie ein Violinkonzert gespielt?"

„Nein. Wir gaben Duos von Stravinsky, Beethoven und Robert Fuchs."

„Welche Violinsonate von Beethoven haben Sie gespielt?"

„Jene in G-Dur, seine letzte Violinsonate."

„Ich liebe seine Violinsonaten, vor allem die Kreutzer-, die Frühlingssonate und dann besonders jene in c- und a-moll."

Ich schaltete nun die Taxameteruhr aus und sagte: „Sie sind meine Gäste. Es ist eine Ehre, Sie in meiner Taxe zu haben."

Und Herr Zuckermann entgegnete: „Tun Sie das nicht. Es ist doch ihre Arbeitsbetätigung (your job)."

Doch ich blieb dabei, da ich solches bei besonderen Gästen immer zu tun pflege.

Ich fragte ihn, ob er Christiane Edinger, mit der ich in meiner Studentenzeit Schach gespielt hatte, kennen würde.

„Natürlich", entgegnete er. „Wir studierten zusammen in New York und waren zur gleichen Zeit Schüler von Isaak Stern. Ich kenne sie sehr gut."

Und als ich ihm erzählte, dass ich sie von früher her kannte, fragte er, ob sie verheiratet sei, was ich allerdings, da ich länger von ihr nichts gehört hatte, nicht beantworten konnte. Und ich fuhr fort: „Wenn sie so gut aussehen würde wie Anne-Sophie Mutter, wäre sie eventuell heute die meistgefragteste Geigerin der Welt."

Und Pinkar Zuckermann antwortete: „Oh, sie ist eine viel bessere Geigerin als Anne-Sophie."

Ich war erstaunt, von dem wohl augenblicklich berühmtesten aktiven Geiger solch ein Kompliment zu hören, habe ich doch beide Geigerinnen in Konzerten gehört und wüsste selbst nicht, welche ich von beiden als die bessere Künstlerin vorziehen sollte.

„Wohnt sie in Berlin?"

„Ob sie jetzt noch hier wohnt, weiß ich nicht. Aber sie stammt von hier und wohnte auch lange hier."

Und nun erzählte ich ihm, wie ich auf meiner Welttrampreise nach Boston gekommen sei und auf großen Plakaten den Namen von Christiane Edinger vorfand, da sie am selbigen Abend dort mit den Bostoner Symphonikern unter Erich Leinsdorf ein Konzert gab, für das ich mir sogleich eine Karte besorgte. Nach dem Konzert suchte ich sie im Künstlerzimmer auf, und wir beschlossen in eine Kneipe zu gehen, wo ich ihr dann alles über meine Reiseabenteuer zu erzählen hatte. Als wir an einem kleinen Tisch Platz genommen hatten, setzte sich nach einer Weile ein älterer Herr zu uns, der sich bald in das Gespräch einmischte und sagte, er sei auch Geiger, aber er spiele jetzt nur noch für sich selbst. Doch habe er, wie er ausführte, eine Geige mit einem Wert von über 10.000 $US geerbt, die ihm aus seiner Wohnung gestohlen worden sei. Nach einigen Wochen ging er an einem Trödelladen vorbei und sah dort seine Geige im Schaufenster. Er sei nach Hause gegangen, habe alles Geld „zusammenge-kratzt", habe im Laden wie so nebenbei den Inhaber gefragt, ob er nicht zum „Fiddeln" irgendeine Geige hätte, worauf jener sagte: „Ich habe eine im Schau-fenster. Die kostet aber 200 $US." Als der alte Mann aber erwiederte, dass er nur 120 $US hätte, habe der Ladeninhaber gesagt: „Die steht sowieso schon zu lang im Fenster. Also meinetwegen. Hier haben Sie sie."

Als er die Geige bezahlt hatte, offenbarte er dem Inhaber, dass es sich um seine teure Geige handele, und nannte ihm den Schätzwert.

Diese Geschichte amüsierte Herrn Zuckermann. Denn ich konnte mir denken, dass seine zwischen den Knien stehende Geige – vielleicht eine ,Stradivari' – sicherlich hoch versichert und einige hunderttausend Mark wert sein durfte.

Nun wandte ich mich an jenen Herren hinter mir, der unser Gespräch ebenfalls mitverfolgt hatte, und fragte ihn: „Und wer sind Sie?"

„Ich heiße Marc Neikrug. Ich habe Pinkas begleitet. Wir spielen schon seit vielen Jahren zusammen."

„Sind Sie nicht auch der Komponist von ‚Los Alamos', die bei uns an der Oper aufgeführt worden ist?"

„Ja, das stimmt."

„Sind Sie zufällig mit dem berühmten Cello-Lehrer aus Boston verwandt?"

„Ja, er ist mein Vater."

„Meine Schwester war ein Jahr lang bei ihm Schülerin."

„Wie heißt sie?"

Ich nannte ihren Namen, doch schien er sie nicht zu kennen.

Als wir vor dem Kempinski Hotel angekommen waren, dachte ich an einen mir bekannten Autogrammsammler und sagte: „Ich kenne einen Autogrammsammler, der sich gewiss sehr über Ihrer beider Namenszüge freuen würde."

Und Herr Neikrug, der noch ein Programmheft in der Westentasche trug, holte es hervor, und beide Künstler signierten es. Wir verabschiedeten uns mit Handschlag, und ich fragte Herrn Zuckermann noch, wohin es von hier aus weitergehen würde, und er sagte: „Morgen spielen wir in Marrakesch. Kennen Sie diese Stadt?"

„Ja. Seien sie vorsichtig vor Dieben."

Mich ärgerte es im Nachhinein, etwas Negatives gedacht und gar ausgesprochen zu haben. Denn das ist nicht meine Art. Aber dann sagte ich mir: „Vielleicht ist das aus gutem Grund aus mir ‚herausgerutscht'. Nicht umsonst habe ich vielleicht die Geschichte mit der gestohlenen Geige erzählen sollen."

Zum Abschluss hatte mir Herr Zuckermann noch gesagt, dass sie im nächsten Frühjahr wiederkommen würden. Ich solle mich rechtzeitig bei ihm melden, denn er wolle mich dann zu ihrem Konzert einladen.

Als ich wenige Tage später jenen Autogrmmsammler in seiner Freude das Programmheft mit den beiden Künstlerunterschriften brachte, sagte er, dass er selbst bei jenem Konzert mit seiner Frau zugegen gewesen sei, doch in der Pause die Philharmonie verlassen habe, da Herr Zuckermann die Beethoven-Sonate zu mechanisch gespielt habe, sodass er keine Lust mehr verspürte, sich den Fuchs auch noch anhören zu wollen.

Und ich dachte bei mir: „Wo viele Geschmäcker, ist viel Gemecker."

Ich verfluche dich, Hitler!

Im Oktober 1993 steigt in Wannsee ein Endsechziger in meine Taxe und gibt als Zielort „Dieffenbachstraße – Kreuzberg" an. Also, eine lange Fahrt. Das hat bestimmt seinen Grund, hat es sich doch schon oft als solches erwiesen, dass lange Fahrten – wie mir schien

– oftmals von oben organisiert bzw. geplant zu sein schienen.

Ich erfahre von ihm, dass seine Frau vor einer Woche an Krebs gestorben war.

„Für sie war es eine Erlösung."

Er habe eine einundzwanzigjährige Tochter in einem „Heim", denn sie hatte bei der Geburt nicht genug Sauerstoff erhalten. Ich erzählte ihm über die Forschungen auf dem Gebiet der Klinisch-Toten, die von Raymond Moody und Kenneth Ring beschrieben worden waren. Und er sagte, dass er sich auch einst im Koma befunden habe und jenen Tunnel gesehen hätte.

„Ich habe zu viel Grausames erleben müssen. Ich glaube an keinen Gott, der so viel Leid geschehen lässt. Nein, an ein Leben nach dem Tod glaub' ich nicht."

„Aber, wie Sie vorher sagten, sind Sie Christ und gehen in die Kirche. Und trotzdem glauben Sie nicht an Gott? Das ist doch ein Widerspruch?"

„Nein, man befindet sich halt in einem gewohnten Trott. Da macht man so alles mit. Man will sich ja nicht ausklammern. Aber an Gott glaube ich nicht. Schaun Sie. Mit siebzehn bin ich eingezogen worden. Als Schwerverwundeter kehrte ich 1943 nach Berlin zurück. Wir lagen vor Leningrad. Von den 250.000 Soldaten sind nur 15.000 zurückgekehrt."

„Können Sie mir über Ihre wichtigsten Erlebnisse erzählen?"

„Ich war noch ein Junge von zirka dreizehn Jahren. In der Reichskristallnacht, wie sie später so benannt werden sollte, habe ich aus dem Kellerfenster heraus beobachtet, wie man in unserem Haus eine Familie abgeführt hatte. Ich hatte damals keine Ahnung gehabt, dass wir eine jüdische Familie im Haus gehabt hatten. Ja, und dann, als ich wieder herumhumpeln konnte, hatte unsere Nachbarin einen Brief von der Front erhalten, in welchem ihr der Tod ihres Mannes mitgeteilt worden war. Sie hat das Hitlerbild von der Wand genommen, hat darauf herumgestampft und geschrien: ‚Ich verfluche dich, Hitler!‘

Dann hat man sie auf Nimmerwiedersehen abgeholt.

Mein Vater als überzeugter Nazi wollte, dass ich 1944 wieder an die Front ging. Ich habe mich meinem Arbeitskollegen und meinem Vater gegenüber oft frei geäußert, was ich von Hitler und der Partei hielt. Mein Kumpel sagte mir: ‚Pass auf, sonst wirst du auch noch auf die Seite gemacht wie die Juden.‘ Und mein Vater, dem ich begreiflich machen wollte, was mit den Juden geschieht, schrie mich an: ‚Du bist doch ein Kommunist und solltest wie diese behandelt werden.‘

Als nach dem Krieg die ganze Wahrheit herauskam, konnte er lange an die Judenmorde nicht glauben. Eines Tages sagte er zu mir: ‚Junge, warum hast du mich vorher nicht auf alles aufmerksam gemacht!‘"

Erlebnisse außerhalb des Körpers

Eine ganze Reihe von Fahrgästen hat mir über ihr außerkörperliches Erlebnis erzählt. Von diesen will ich einige hier widergeben.

Eine Endfünfzigerin berichtete mir, dass sie bei der schwierigen Geburt ihrer Tochter ein außerkörperliches Erlebnis gehabt habe.

„Ich befand mich plötzlich außerhalb meines Körpers. Ich sah alles, ich hörte alles. Plötzlich war ich in einem unvorstellbaren schönen Land. Diese Farben! Ich kann sie gar nicht beschreiben, so schön war alles. Und die Blumen! Einfach unbeschreiblich schön. Dann vernahm ich die Stimme meines Vaters: ‚Rita, du musst zurück.‘ Ich wollte aber nicht. Später kam mein Chirurg, Professor Dietrich, auf Visite an mein Bett, und ich sagte: ‚Sie werden mir nicht glauben, wenn ich Ihnen erzähle, was ich alles während der Operation erlebt hatte!‘ Und er forderte mich auf, zu erzählen. Als ich beendet hatte, sagte er mir: ‚So etwas wurde mir schon öfter erzählt!‘“

Eine Mittvierzigerin erzählte mir Folgendes. Nach einer Unterleibsoperation war sie wieder auf Station, als sie sich mit ihrem Geistkörper plötzlich außerhalb ihres irdischen Körpes befand. Sie konnte letzteren im Bett sehen, hatte aber selbst wieder einen gesunden Körper, in welchem sie sich mit vollem Bewusstsein wahrnahm. Anschließend sah sie sich in einer lichtvollen Welt von unbeschreiblicher Schönheit. „Im Vergleich dazu erschienen mir alle irdischen Dinge so nichtig.“

Dann vernahm sie die sonst immer sehr hochmütig auftretende Oberschwester an ihrem Bett, die ihren Namen rief und hinzufügte: „Sie dürfen nicht einfach sterben. Kommen Sie zurück." Dabei schlug jene sie auf die Backen. Doch die Klinisch-Tote wollte nicht zurückkehren. „Doch dann dachte ich an meine drei Kinder. Schließlich war ich mit einem Ruck wieder in meinem Körper. Ich schlug die Augen auf. Späterhin war ich der Oberschwester dankbar, dass sie mich zurückgeholt hatte. Ich wäre sonst vielleicht trotz meiner hiesigen Kinder drüben geblieben."

Ende Dezember 1989 berichtete mir eine Frau, dass ihr Mann ein solches außerkörperliches Erlebnis gehabt hätte, das er ihr genauestens beschrieben habe. „Er sah sich außerhalb seines Erdenkörpers und schwebte schließlich durch eine Art Tunnel, an dessen oberer Öffnung Licht hereinzufließen schien. Dort im Licht befindlich, traf er ihm bekannte Verstorbene, die sich auf der anderen Seite eines Flusses befunden haben sollten. Als er sich länger mit ihnen unterhalten hatte, fragten sie ihn, ob er wieder zur Erde zurück wolle, was er bejahte. Und sogleich war er wieder in seinem Erdenkörper und wachte auf."

Eine ältere Frau aus Spandau berichtete mir 1987, dass, als sie allein krank zuhause lag, sie sich auf einmal über ihrem Körper befunden habe, wo sie verwundert länger verweilte. Dann habe jemand an der Haustür geläutet. Aber sie konnte ja nicht öffnen gehen. Später befand sie sich ganz plötzlich wieder in ihrem Körper.

Und genau an jenem Tag, als die soeben erzählte Begebenheit stattgefunden hatte, sitzt eine etwa siebzehnjährige junge Frau in meinem Taxi. Auch sie berichtete, dass sie während einer Operation ein außerkörperliches Erlebnis gehabt hätte, bei dem sie alles, was während der Operation vor sich ging, genau mitverfolgen konnte. Aber sie habe kein Tunnelerlebnis und auch kein Lichterlebnis gehabt.

Ich entgegnete ihr, dass nur einige, die ein außerkörperliches Erlebnis meist im Zustand des Klinischen Todes haben, auch ein vollständiges Erlebnis hätten, dass viele sich nur außerhalb des Körpers wahrnehmen würden und sich längere oder kürzere Zeit über oder neben ihrem physischen Körper aufhielten. Wir sprachen über mehrere Bereiche auf dem Gebiet der Esoterik, ist die jüngere Generation doch im zunehmenden Maße für solche Themen aufgeschlossen. Bevor wir uns verabschiedeten, reichte ich ihr ein Exemplar von „DIE ANDERE REALITÄT", eine an keine Sekte gebundene Zeitschrift, die über derlei Dinge berichtet, und wies sie auch auf meinen vor zwei Jahren erschienenen Farbroman hin, indem ich ihr einen Prospekt gab und sagte: „Wenn du dieses Buch liest, wirst du mehr vom Sinn des Lebens verstehen."

„Ach, der MOLAR-Roman! Meine Freundin hat ihn schon gelesen und hat mir gesagt, dass ich ihn unbedingt lesen muss. Danke nochmals für diesen Hinweis."

Ich freute mich, in meinem Taxi zum ersten Mal ein solches Feedback über meinen Farbroman erhalten zu haben. Zwar erkennen mich Fahrgäste oftmals von verschiedenen Fernsehauftritten her, aber meinen Farbroman haben bisher leider noch zu wenige Leser-Innen gelesen, trotz seiner Ungewöhnlichkeit und Spannung. Und zum Abschied sagte ich: „Und bestellen Sie Ihrer Freundin einen schönen Gruß vom Autor des MOLAR-Romans."

„Wie, Sie sind der Autor TRUTZ HARDO? Das kann ich nicht glauben! Meine Freundin kriegt sich nicht ein, wenn ich ihr das erzähle."

Die abenteuerliche Flucht über die Grenze

Am 14.4.1988 saß ein kleiner „zäher" Mann von etwa fünfundfünfzig Jahren in meiner Taxe. Er erzählte mir, dass er drei Fluchtversuche aus der DDR unternommen habe, aber erst beim dritten Mal hat es geklappt.

„Im April 1967 beobachtete ich bei Dunkelheit an der Grenze bei Herleshausen, wie der Grepo (Grenzpolizist) zum Wachturm ging. Ich hörte noch Musik, die von dort zu mir herüberdrang. Ich legte mich flach auf den Boden, um gegen den Horizont die leicht gewölbten kleinen Hügel zu sehen, denn dort lagen die Minen vergraben. Somit wusste ich nun, wie ich zu laufen hatte. Sie können sich denken, wie mein Herz pochte. Entdeckte man mich, würde man gleich die Scheinwerfer auf mich richten, und – so ich auf Anruf nicht stehen blieb – würde gleich auf mich mit MG-Salven geschossen werden. Damals gab es an den Zäunen Gottseidank noch keine Selbstschussanlagen wie späterhin. Ich rannte nun durch das Minenfeld auf einen doppelten Pfosten am Zaun zu, denn ich hatte beobachtet, dass dort – unsichtbar dem Betrachter aus der Distanz – ein enger Durchgang für die Grepos war, um auf die andere Seite zu gelangen. Dort angekommen, zwängte ich mich hindurch. Noch hatte man mich nicht gesehen. Wie gut, dass sie dort keine Schäferhunde hatten, die hätten mich gleich bemerkt. Jetzt stand der gefährlichste Teil vor mir. Denn ich musste über eine freie Strecke laufen. Wenn man mich dort entdeckte, konnte man mich wie einen Hasen abknallen. Es gab keinen Baum, keine Kuhle. Am anderen Ende befand sich ein steilabfallender und mit Wasser gefüllter Graben. Ich ließ mich dort hineinrutschen. Doch als ich diesem wieder entsteigen wollte, rutschte ich immer wieder zurück. Ich grub nun mit meinen Händen vorsichtig Löcher in die schräge Wand, damit meine Füße beim Hinaufklettern Halt finden konnten. Ich wusste, wenn ich aus dem Wassergraben raus war, dann gab es nur noch eine kleine Strecke auf freiem Gelände zu rennen, und dann musste ich im freien Westen sein. Und ich schaffte es, aus dem Wassergraben rauszukommen. Und nun rannte ich wie ein Besessener einfach los. Plötzlich erfassten mich Scheinwerfer. Ich hörte Stimmen, die riefen: ,Bleiben Sie stehen!' Doch ich rannte weiter. Jeden Augenblick mussten Schüsse aufpeitschen und mich niederstrecken. Ich rannte um mein Leben. Plötzlich befand ich mich auf einer gutgeteerten Straße. Ich wusste nun, ich war im ,freien Westen'. Ich hatte es geschafft. Ich erspähte an dieser Straße eine Bushaltestelle mit einem Wartehäuschen. Dort auf der Bank schlief ich ein. Denn Sie können sich denken, dass ich vor Aufregung vor der Flucht tagelang kaum geschlafen hatte. Ich war vollkommen erschöpft.

Auf einmal berührte mich etwas am Bein. Ich schlug die Augen auf und erblickte einen Schäferhund an der Leine eines westlichen Grenzpolizisten, der mich ansprach: ‚Was machen Sie denn hier? Sie sind ja ganz nass!‘"

Wie dieser Herr mir berichtete, hatte er damals Frau und zwei Kinder „drüben" gelassen, hatte sich im Westen wieder verheiratet und sich wieder scheiden lassen. Leider verblieb mir nicht mehr die Zeit, ihn zu fragen, warum er unbedingt in den Westen wollte. Aber es konnte viele Gründe dafür gegeben haben. Und in den Ostgefängnissen saßen viele, die dem Staat politisch „verdächtig" oder konträr waren.

Ist sie deine Geliebte?

Aus einer Spandauer Kneipe holte ich eine Mittvierzigerin ab, die schon einige Glas „über den Durst" getrunken hatte, ohne dabei groß ins Wanken geraten zu sein. Sie gab ihre Straße und Hausnummer an. Als wir dort ankamen, kramte sie in ihrer Tasche, fand aber kein Geld. „Mensch, wo ist mein Geld geblieben. Ich muss doch noch 20 Mark gehabt haben. Mensch, ich wird' verrückt." Und sie gab die Anweisung, sie in eine andere Kneipe zu fahren, wo sie eine Freundin anzutreffen hoffte, die ihr Geld borgen könnte. Aber auch diese war nicht am erwünschten Ort. Dann fuhren wir noch zu einer anderen „Stammkneipe". Doch

auch hier war sie nicht zu finden. „Mensch, was mach'
ich jetzt. Ja, ich hab' eine Idee. Der Karl-Heinz kann
mir Geld geben. Der schuldet mir sowieso noch etwas." Und sie nannte mir nun die Wohnung ihres –
wie es sich herausstellte – Liebhabers.

Wir fuhren vor ein Hochhaus an der Peripherie
Spandaus. Ich parkte das Taxi, denn jene Frau bat
mich mitzukommen. Wir fuhren mit dem Fahrstuhl
hoch. Oben angekommen, zog sie mich in eine Ecke
und sagte: „Seine Frau darf mich auf keinen Fall sehen. Deshalb klingeln Sie. Wenn sie zur Tür kommt,
sagen Sie, Sie möchten ihren Mann sprechen. Dann sagen Sie ihm flüsternd, dass Sie der Taxifahrer sind,
dass Susi im Auto sitzt und kein Fahrgeld hat. Ob er
ihr 50 Mark borgen könnte. Ich bleibe hier in der Ecke.
Alles klar?"

In was für eine prekäre Situation war ich auf einmal hineingeraten. Sicherlich, auf der Uhr waren
schon über 40 Mark angezeigt. Ich wollte natürlich
mein Geld bekommen. Also läutete ich. Es war ja
schon elf Uhr abends. Das Ehepaar schlief schon sicherlich.

Auf mein Läuten hin wurde nach einer Weile Licht
gemacht. Eine Frauenstimme fragte von innen, wer da
sei. Ich rief zurück: „Ich möchte Ihren Mann einen
kurzen Augenblick sprechen."

„Sind Sie von der Polizei?"

„Nein, ich bin Taxifahrer."

„Wir haben kein Taxi bestellt."

Aber jetzt war anscheinend ihr Mann schon bei ihr und schloss die Tür auf. Er war im Bademantel. Er fragte, was ich von ihm wolle. Ich wusste, dass seine Frau nun neugierig hinter ihm stand, doch den Gegenstand des Gesprächs nicht mitverfolgen durfte. Also flüsterte ich dem Mann zu, dass ich einen Fahrgast im Auto habe, der kein Geld bei sich hatte, aber von ihm noch Geld zu kriegen habe. Ich sei gebeten worden, von ihm mir 50 Mark geben zu lassen.

Ich merkte an seiner Mine, dass er gleich durchschaute, wer wohl die Person sein könnte. Er öffnete die Tür ganz, trat zwei Schritt hervor und schaute in jene Ecke, und – als ob er es geahnt hätte – stand dort seine Susi, die den Zeigefinger auf ihre Lippen legte.

Ohne etwas zu sagen, ging er in die Wohnung zurück, um das Geld zu holen. Seine Frau fragte ihn: „Wer ist die Person im Taxi? Ist es eine Frau? Warum musst du für sie Geld bezahlen? Ist sie deine Geliebte? He, sprich!"

Der Mann kehrte mit irritiertem Gesicht zurück, drückte mir die 50 Mark in die Hand, und mit einem „Gute Nacht. Entschuldigen Sie die Störung" zog ich mich zum Fahrstuhl zurück, wo Susi schon wartete.

Ihr Taxifahrer seid doch so richtige Versager

An einem Sonntagabend zu schon vorgerückter Stunde erhielt ich von der „Theodor-Heuss-Haltestelle" den Auftrag, zur Westend-Pinte zu fahren. Dort stieg ein etwa Dreißigjähriger ein und nannte als

Fahrziel: „Niederneuendorfer Allee". Da es dort außer einem Gefängnis damals kein Wohngebäude gab, war mir klar, dass ein „Knacki" heute Ausgang hat, der rechtzeitig zurück im „Bau" sein musste. Deshalb fragte ich ihn auch:

„Was haben Sie angestellt, um ins Gefängnis zu kommen?"

„Sie halten mich wohl für einen Verbrecher. Aber ich habe nur als Verkehrssünder meine ‚Pappe' verloren. Ich bin doch gar kein Verbrecher. Doch jetzt lebe ich mit Verbrechern zusammen. Es darf auf keinen Fall irgendjemand von meinen Verwandten oder Freunden oder auch von meinen Arbeitskollegen erfahren, wo ich mich befinde. Meine Frau hat von mir den Auftrag erhalten, zu sagen, ich sei auf Kur. Denn wenn jemand erfahren würde, wo ich jetzt bin, dann würden alle denken, ich sei ein Verbrecher. Dabei habe ich doch nur für eine Sekunde bei einem Verkehrsunfall nicht aufgepasst. Und nun werde ich wie ein Schwerverbrecher behandelt. Ist das gerecht?"

In Neukölln hatte ich einmal einen Mittfünfziger in der Taxe, der Schlachtermeister war. Wir unterhielten uns über das Töten von Tieren. Und er sagte mir: „Früher habe ich eiskalt jedes Tier töten können. Es war mein Beruf. Aber seit einigen Jahren kann ich kein Kälbchen mehr töten. Diese kleinen unschuldigen und oft ahnungslosen Wesen, die einen so vertrauensselig mit den großen Augen anstarren – nein, die vermag ich nicht zu töten. Ich lass es andere machen und schaue dabei nicht hin.

In Moabit fuhr ich einen etwa dreißigjährigen sehr drahtigen Mann. Er erzählte mir, dass er am selbigen

Tag einen Mann, der in der Kneipe dumme Sprüche geklopft habe, zusammengeschlagen hätte. Er bekannte sich zu seiner Aggression, war auch schon, wie er mir bekannte, mehrere Male im Knast gelandet. Und als wir am Zielort ankamen, sagte er: „Du bist ein toller Typ. Wenn du Grund hast, jemandem die Fresse zu polieren, willst dich aber da raus halten, dann ruf mich an. Ich mach' das dann für dich."

Und er gab mir seine Telefonnummer.

In Lankwitz stieg an einem späten Sonntagabend ein gut deutsch sprechender Ausländer in mein Taxi und gab als Zielort ein Hochhaus in Lichterfelde-Süd an. Er hatte vor dem Einsteigen in die Taxe gefragt, ob ich bereit sei, auch am Zielort eventuell mit ihm länger zu warten, was ich bejahte.

Wie er, dort angekommen, mich anwies, parkten wir auf dem abgedunkelten Parkplatz unter Bäumen, sodass wir den hellerleuchteten Hauseingang gut im Auge behielten.

Und nun klärte er mich über alles auf, denn wir warteten über eine Stunde zusammen im Taxi, während die Taxometeruhr weiterlief.

Er habe eine Freundin in jenem Gebäude mit ihrer kleinen Tochter wohnen, und er wolle sich nächste Woche mit ihr verloben. Da die Tochter bald ins Bett müsse, denn morgen habe sie rechtzeitig zum Kindergarten gebracht zu werden, wisse er, dass seine Freundin bald zurückkehren müsse. Er habe gerade ihre Telefonnummer angerufen, um zu sehen, ob sie schon zurück sei. Sie müsse also jeden Augenblick zurückkehren. Er habe aber den Verdacht, dass sie noch

einen anderen Freund habe, bei dem sie sich jetzt auf-
hielte. Jener werde sie bestimmt gleich zurückbringen. Er möchte nun herausfinden, ob sie, was sie bisher immer abstritt, einen anderen Liebhaber habe
und wer dieser Freund sei. Er selbst habe ihr vor zwei
Tagen gesagt, dass er für eine Woche nach Westdeutschland reise. Er wolle herausfinden, ob sie ihn
hintergehe, da er diesbezüglich ein „ungutes" Gefühl
habe.

Nachdem wir schon über eine Stunde vergeblich
gewartet hatten – es regnete draußen –, versuchte ich
ihm klarzumachen, dass sie vielleicht Verwandte oder
Bekannte aufgesucht habe und eventuell dort mit ihrer Tochter die Nacht verbringe. Schließlich brachte
ich ihn unverrichteter Dinge wieder nach Lankwitz
zurück.

Einmal saß eine attraktive Mittvierzigerin in meinem Taxi. Auf mein einleitendes Fragen hin berichtete
sie mir, dass ihr achtjähriger Sohn ein reges Interesse
an jenen geheimen Dingen bekundete und ihr oft Fragen stelle, die mit Jenseitigem zusammenhingen. Sie
selbst habe aber kein großes Interesse an dem, was
„danach" komme, ja im Grunde wolle sie gar nichts
über solcherlei Dinge wissen.

„Ich habe bei einem Verkehrsunfall einige Zähne
verloren. Jetzt lasse ich mir alle Zähne künstlich er-
neuern. Sehen Sie, augenblicklich trage ich ein Provi-
sorium... . Mein Gesicht sieht nun ganz entstellt aus."
Sie blickte dabei in ihren vorgehaltenen Taschenspie-
gel. Und als ich bei einer Ampel anhalten musste,
sagte sie: „Schau'n Sie sich doch mal mein Gesicht an.
Bin ich nicht todhässlich?"

Sie hatte ein feines, ja ein sehr schönes Gesicht, das – mit nur kleinen Abstrichen – eher jenem von Liz Taylor zu vergleichen wäre.

„Nein ganz und gar nicht. Sie haben ein sehr attraktives Gesicht, wie Ihre ganze Figur ganz vollkommen zu sein scheint."

„Aber sehen Sie nicht jene hässlichen Falten auf meiner Stirn?"

„Aber die fallen doch gar nicht ins Gewicht. Vielmehr machen diese Sie doch noch interessanter."

„Doch. Ich finde mich absolut hässlich. Ich mag mich gar nicht im Spiegel sehen. Ich könnte heulen über meine Hässlichkeit. Aber ich werde mein Gesicht ‚liften' lassen, koste es, was es wolle. Mein Busen, wie Sie durch die Bluse sehen können, ist Gott sei Dank wieder voll und rund. Ich habe ihn mit Plastik füllen lassen. Eine Spirale habe ich mir auch einsetzen lassen. Nein, ich will kein altes Weib sein. Ich will das Leben genießen. Ich will nichts von Tod und Leben nach dem Tod wissen. Ich will das Leben genießen und mein Altern vergessen machen."

Am Schluss unserer Fahrt gab sie mir ihre Adresse.

In Neukölln fuhr ich einmal einen betrunkenen Handwerker.

„Warum fährst du eigentlich Taxi? He? Du hast bestimmt nichts gelernt, kein Handwerk, keine Ausbildung. Ist doch wahr, oder?"

Ich beschloss, ihn reden zu lassen, amüsierte ich mich doch über seine Worte.

„Ihr Taxifahrer seid doch richtige Versager. Was verdienst du denn im Monat? Was? So lausige 2.000 Piepen. Davon kann man doch gar nicht richtig leben. Ich als Schreiner verdien' dreimal soviel. Auch kann ich Schwarzarbeit machen, soviel ich will. Manchmal hab ich acht „Riesen" (8 Tausendmarkscheine) im Monat. Ich hab' mir schon ein Häuschen gebaut. Mit meiner „Ollen" fahre ich jedes Jahr in den Urlaub: Mallorca, Gran Canaria, Malediven, Kuba, Thailand. Aber ihr armen Taxifahrer krebst doch nur vor euch hin. Das ist doch kein Leben. Ihr habt nichts gelernt, könnt gerade noch die Zeitung lesen und ein Auto lenken. Darüber hinaus habt ihr doch nichts locker..."

Ich ließ ihn reden, denn Betrunkene kann man in ihrem Suff sowieso nicht eines Besseren belehren. Ich erinnere mich, gehört zu haben, dass nach der Staatengründung Israels 1948 noch lange Zeit die Taxifahrer oftmals stellungslose Universitätsprofessoren waren. Und ich weiß, dass viele meiner KollegenInnen studiert haben oder noch am Studieren sind. Ja, dass viele TaxifahrerInnen mehrere Sprachen sprechen und sehr belesen sind. Auf jeden Fall haben sie durch ihre vielen „Er-fahrungen" ein großes Repertoire an Menschenkenntnissen gesammelt, und für viele Fahrgäste mag es sich lohnen, mit dem Fahrer oder der Fahrerin ein Gespräch zu beginnen. Man könnte „bereichert" aus dem Taxi steigen.

Letzte Worte

Oftmals haben mir meine Fahrgäste über Sterbende berichtet und deren letzte Worte, nachdem ich ihnen folgende Geschichte über Frau Kübler-Ross erzählt hatte:

„Diese Ärztin setzte sich Hunderte Male an die Betten von Sterbenden, um das zu studieren, was diese vielleicht vor ihrem Hinübergehen schon über die andere Seite erfahren hatten. Wenn solche jemanden auf der anderen Seite sahen, dann handelte es sich immer um bereits Verstorbene. Und auch sterbende Kinder sahen eben keine Wunschpersonen wie die noch lebenden Vater oder Mutter, sondern sie sahen die verstorbene Großmutter oder Tante. Und einmal passierte Frau Kübler-Ross folgendes, als sie ein sterbendes kleines Mädchen fragte, was sie gerade erlebe.

,Da ist ein Junge und sagt, er heiße Peter und sei mein Bruder. Aber ich hab' doch gar keinen Bruder.' Und nach dem Tod des Kindes erzählte die Ärztin diese letzten Worte den Eltern, die ihr berichteten, dass sie tatsächich ein totgeborenes Baby, einen Jungen, hatten, den sie den Namen Peter geben wollten. Doch hatten sie nie ihrer Tochter irgend etwas darüber gesagt."

Und diese Geschichte haben viele meiner Fahrgäste ermutigt, mir ihre diesbezüglichen Erfahrungen mitzuteilen.

So berichtete mir eine Frau im Dezember 1989, dass ihr kranker Vater im Sessel am Fenster, seinem Lieblingsplatz, saß. „Auf einmal sehe ich, wie er seine

Hände zum Fenster hin ausstreckt und ruft: ‚Lenchen (so hieß seine Frau), ich komme.‘ Dann sank er vornüber. Er war gestorben.“

Eine etwa Siebzigjährige kam gerade braungebrannt aus Mallorca zurück. Ich lud sie am Flughafen ein und fragte alsbald: „Na, haben Sie schöne Ferien genossen?“

„Nein. Mein Mann ist vor drei Wochen in unserem Ferienhaus auf Mallorca gestorben.“

Da ich nun nachfragte, wie das passiert sei, erzählte sie mir, dass er in ihren Armen entschlafen sei. „Doch vorher öffnete er noch die Arme, sah mit strahlenden Augen nach oben, als ob er dort jemanden sehe, und rief: ‚Ja, ich komme!‘ Das waren seine letzten Worte.“

Und nachdem ich ihr noch mehr über jene Dinge, die ihn ‚drüben‘ erwarteten, erzählt hatte, erinnerte sie sich, dass ihr Vater, der nicht mehr sprechen konnte, „ganz kurz vor seinem Tod plötzlich mit dem Zeigefinger nach oben wies, als ob er dort was sähe, das er mir zeigen wolle. Dann kippte er zur Seite und war tot.“

Schon ein Jahr zuvor hatte mir eine ältere Frau in der Taxe ähnliches berichtet. Eine ältere Verwandte von ihr, die schon länger an allen Gliedern gelähmt war, hob plötzlich zu aller Erstaunen ihre beiden Arme in die Höhe und rief nach oben schauend: „Hermann, ich komme!“ Dann war sie verstorben.

Diese ältere Frau erinnert sich, dass auch der ältere Bruder jener Verstorbenen, der schon nicht mehr reden konnte, kurz vor seinem Tod mit dem Finger nach oben gezeigt habe, als ob er den Anwesenden etwas zeigen wollte.

Fahrgäste sind immer sehr dankbar, wenn man ihnen Rätsel oder Unerklärbares, die sie oft schon jahrelang mit sich herumtragen, zu erklären versucht. Denn es ist nicht immer leicht, die geeignete Person zu finden, mit der man über dergleichen Dinge reden kann, und selbst Kirchenmänner geben oft keine befriedigenden Antworten. So bin ich immer froh, Antwortsuchenden auf diesem Gebiet einiges weitervermitteln zu dürfen.

Im August stieg eine etwa fünfundsiebzigjährige weißhaarige Frau bei mir ein. Nachdem ich auf mein Lieblingsthema gekommen war, berichtete sie mir, dass sie im vorausgegangenen Jahr schwerkrank ins Krankenhaus transportiert worden sei, wo man schon den Kopf schüttelte und den Angehörigen zu verstehen gab, dass sie wohl bald für immer die Augen schließen müsse.

„Aber dann befand ich mich plötzlich in einem sehr hellen Raum. Dort blickten mich einige weißgekleidete Männer sehr freundlich an. Sie kamen mir vor wie ‚Propheten‘. Ich hatte ein unbeschreiblich schönes Glücksgefühl und fühlte mich ganz leicht. Allerdings kann ich mich nicht mehr an das erinnern, was sie mir alles sagten. Auf jeden Fall wachte ich irgendwann wieder in meinem Bett auf. Seitdem habe ich keine Angst mehr vor dem Tod, ja ich freue mich schon darauf.“

Sie berichtete mir weiterhin, dass auf dem Mund ihres Mannes, obwohl er vorher große Schmerzen hatte, bei seinem Hinübergehen und anschließend ein wunderschönes Lächeln lag. Ich erzählte ihr, dass ich einen Fotografen kenne, „der in der Charité die Gesichter von Soeben-Verstorbenen fotografieren durfte. Und – wie er mir berichtete – hatten alle, bis auf Selbstmörder, ein wunderschönes Lächeln gehabt. Frau Kübler-Ross schreibt dieses Lächeln auf den erfreuten Anblick zurück, den Sterbende kurz vor dem Schwellenübertritt haben, wenn sie ihrer verstorbenen geliebten Personen ansichtig werden."

„Und wie steht es mit Tieren?", fragte sie seiter. Sie habe nämlich vor kurzem ihren geliebten achtjährigen Dobermann verloren.

Und ich versicherte ihr, dass es eine göttliche Einrichtung sei, dass wir alle jene, zu denen wir auf Erden ein Liebesband geknüpft hätten, ob zu Tier oder zu Menschen, wiedersehen würden. Sie würde auf jeden Fall ihrem Dobermann wiederbegegnen. Ich empfahl ihr, sich die einschlägigen Bücher von Harold Sharp ‚Auch Tiere überleben den Tod' und Sylvia Barbanell ‚Wenn unsere Tiere sterben' zu besorgen.

Ja, manchmal hatte ich das Gefühl, ein taxifahrender Seelsorger zu sein. So auch im nächsten sehr tragischen Fall.

Die Tragik eines Rollstuhlfahrers

Am Silvesterabend gegen 21 Uhr erhalte ich von der „Kottbus-Halte" die Anfrage, ob ich einen Fahrgast mit „Falter" (zusammenklappbarer Rollstuhl) mitnehmen würde. Da ich bejahte, wird mir nun die Straße und Hausnummer genannt, und ich werde zudem gebeten, den „jungen Mann", dessen Namen mir genannt wird, aus dem 4. Stock abzuholen.

Als ich dort aus dem Fahrstuhl herauskomme, schließt der etwa dreißigjährige Rollstuhlfahrer gerade seine Wohnungstüre ab und ruft mir zu: „Sie sind bestimmt der Taxifahrer. Einen Augenblick noch, ich musserst noch meinen Kumpel abholen." Somit läutet er an der gegenüberliegenden Tür. Dort kommt ein angetrunkener Mann mittleren Alters heraus, schließt seine Wohnung ab und begleitet uns zum Taxi, wo er hinten Platz nimmt, während der Behinderte vorne sitzt und ich seinen Fahrstuhl hinten einlade. Schließlich sitze ich auch und frage: „Wo soll's hingehen?"

Und der Nebenmirsitzende sagt: „Zuerst fahren wir meinen Kumpel in die Karl-Marx-Straße, und danach geht's in den Wedding."

Als wir seinen Kumpel dort schließlich abgesetzt hatten und das neue Fahrziel genannt wurde, offenbarte mir mein Fahrgast, dass er selbst kein Telephon habe, doch eben jener Kumpel. Bei diesem habe er zuvor etwa zwanzig Gespräche geführt mit der Zusage, ihn dafür anschließend jedoch mit der Taxe nach Neukölln zu bringen. „Wie sind Sie zu Ihrem Rollstuhl bzw. – dieser zu Ihnen gekommen, wenn ich fragen darf?"

„Ich habe bei einer großen Baufirma als Zimmermann gearbeitet. Vor vier Monaten war ich auf dem Dach. Ich hatte mich schon abgeschnallt, weil Feierabend gekommen war. Doch dann entdeckte ich noch ein Loch. Ich wollte es eben noch flicken, rutschte plötzlich aus und falle praktisch aus dem 9. Stock hinunter. Die Ärzte sprechen von einem Wunder, dass ich nicht tot war. Doch seitdem bin ich querschnittsgelähmt."

„Was hat sich seitdem in ihrem Leben am meisten verändert?"

„Meine Freundin – wir wollten bald heiraten – hatte mich anfangs noch besucht. Aber nachdem ihr ein Arzt erzählt hatte, dass ich nie wieder gehen oder in meinem Beruf arbeiten könne, hat sie mich verlassen." Er begann zu weinen. Dann fuhr er fort: „Ich hatte vorher in Tegel eine Altbau-Dreizimmerwohnung für 300 Mark. Doch als Rollstuhlfahrer kann ich nicht in den 2. Stock kommen. Auch gibt es nur wenige Neubauten mit Fahrstuhl, die zugleich auch einen Rollstuhleingang haben. Schließlich habe ich jene Wohnung gefunden, von der du mich gerade abgeholt hast. Doch jetzt kostet mich die Miete für zwei Zimmer 1.150 Mark. Auch haben nur wenige Supermärkte Möglichkeiten für einen Rollstuhlfahrer, bei ihnen einkaufen zu können. Somit werde ich jetzt immer zweimal im Monat nach Tegel zum Einkaufen fahren. Und wie heißt du?"

Ich nannte ihm meinen Namen und fragte ihn: „Fährst du jetzt zu einer Silvesterfeier?"

Nun schluchzte er los: „Von wegen Silvesterfeier! Alle haben mich sitzen lassen, alle. Ich hatte für heute bei mir eine große Party vorbereitet. Für 300 Mark hatte ich Brot und Aufschnitt, sogar Kaviar gekauft. Ich hatte Sekt, Wein, Bier und übrige Getränke reichlich herbeigeschafft. Wenn ich sonst eine Silvesterparty bei mir in Tegel gab, waren über fünfzig Freunde und Freundinnen zugegen. Allen habe ich Bescheid gesagt, und alle versprachen zu kommen. Ich wollte ihnen nach meinem langen Krankenhausaufenthalt doch zeigen, dass ich noch da bin, dass es mich doch noch gibt und dass ich weiterhin ihr Kumpel Erich bin. Die Party sollte um 18 Uhr beginnen. Und ich warte, warte, warte. Niemand kommt. Ich gehe zu meinem Kumpel rüber und bitte ihn, meine Gäste anzurufen, um sie daran zu erinnern, dass doch heute meine Party läuft. Wo sie denn blieben? Warum sie noch nicht gekommen seien? Aber die meisten waren nicht zu Hause. Einige sagten, dass sie sich entschieden hätten, woanders hinzugehen. Drei Stunden habe ich gewartet. Niemand ist aufgetaucht. Haben die etwa Angst vor mir? Kannst du mir sagen, warum niemand zu ihrem guten alten Kumpel Erich mehr kommen will, der doch immer so fröhlich war und immer die besten Witze drauf hatte?"

Ich erfasste voll und ganz seine tiefe Tragik. Er war als Unfallbehinderter und „Krüppel" nun zum Spiegel der Angst geworden. Alle hatten Angst, dass ihnen vielleicht auch solch ein Schicksal bevorstehen könnte, an das man aber nicht erinnert sein möchte, hatte man doch „höllische" Angst davor. Nun wich man ihm aus. Sollte ich ihm erklären, dass alles seinen Grund habe, dass eines jeden Schicksal gerecht sei, dass einem nichts – aber auch gar nichts – im Leben passiere, was nicht wohlüberlegt geplant worden sei, damit wir daraus spirituell etwas lernen könnten, um seelisch zu wachsen. Wie oft habe ich während einer Taxifahrt andere mit solchen Hinweisen zu trösten versucht. Weiß ich als Reinkarnationstherapeut doch nur allzugut, wie die Dinge miteinander verflochten sind. Was sollte ich ihm sagen? Nun weint er vor sich hin. Nein, über solche metaphysischen Dinge zu sprechen ist jetzt nicht der Zeitpunkt.

Ich erfasste mit der rechten Hand die seine und sagte: „Pass auf Erich, es kommen auch wieder andere Zeiten in deinem Leben, wo du auch wieder Lachen werden kannst. Das Leben ist ein ewiges Auf und Ab."

Da Erich mir gesagt hatte, dass er einige Freunde, die er nicht telefonisch erreicht hatte, nun selbst aufsuchen wolle, hielten wir vor der ersten angegebenen Adresse in der Pankstraße. Erich bat mich, in das Hinterhaus rechter Hand in den zweiten Stock zu gehen und bei B zu klingeln. Ich sollte Frau B sagen, dass er im Taxi sitze und er sie bitte, herunterzukommen.

Ich klingelte an der Tür. Ein ein Unterhosen gekleideter Betrunkener öffnete die Tür: „Was woll'n se?" Ich sagte, dass ich Frau B sprechen möchte. Er erwiderte, dass sie schon fort sei. Was ich denn von ihr wolle? Ich erklärte ihm das Nötige, und er sagte: „Zu dem komme ich nicht runter." Und damit warf er die Türe zu.

Nun fuhren wir in die Schwedenstraße. Wieder mit Erichs Hinweisen versehen, stieg ich im Vorderhaus, wo alles schmuddelig ausschaute, drei Stockwerke hinauf und klingelte bei S. Ein angetrunkener Mann mit einer Bierflasche in der Hand öffnete. Hinten tönte laute Musik und Stimmengewirr. Hier war eine große Party in Gang.

„Ist Bernd da?"

„Um was geht's denn?"

„Unten sitzt Erich in der Taxe."

„Ach, du mein Gott!"

Ich merkte, dass er verlegen war, und sagte: „Erich hat eine große Feier bei sich steigen lassen wollen. Keiner ist gekommen. Jetzt lasst ihn wenigstens bei euch mitfeiern."

„Ich hole mal Bernd herbei."

Auch jener war schon alkoholisiert.

Ich legte ihm nochmals die Situation dar und sagte: „Ihr könnt doch jetzt nicht euren alten Kumpel so im Stich lassen. Lasst ihn mitfeiern."

„Ja, aber wie kriegen wir ihn herauf?"

„Ach, das schaffen wir schon. Los, kommt mit!"

Bernd zog sich noch eine Jacke über die Schultern, und sein Kumpel fällt auch noch die Treppe hinunter.

Beim Wagen angekommen, öffnete ich die vordere Seitentür, und Erich fragte Bernd: „Warum seid ihr nicht zu meiner Party gekommen? Ihr hattet es mir doch versprochen."

Und ich sah die ganze Verlegenheit in Bernds Gesicht, als er antwortete: „Weißt du, wir haben plötzlich Gäste gekriegt, und da konnten wir nicht mehr weg."

Ich hatte nun den Rollstuhl schon hervorgeholt und aufgeklappt. Doch als wir Erich darin durch die Haustür schieben wollten, passte das Gefährt dort nicht hindurch, da die Seitenflügeltür nicht aufgehen wollte. Erich musste also herausgehoben, hindurchgetragen und drinnen erst wieder in diesen hineingesetzt werden. Dann versuchten wir, den Rollstuhl mit seiner Last Stufe für Stufe hochzuziehen, was mühselig war, aber trotzdem gelang.

Ich hatte mein Portemonnaie dabei und erhielt von Erich einen Fünfzigmarkschein. Als ich herausgeben wollte, sagte er: „Behalte den Rest. Du hast mir sehr geholfen."

Ich wünschte ihm noch eine schöne Party und ein frohes Neues Jahr und brauste schließlich mit meiner Taxe in die Silvesternacht hinein.

Aus Sibirien zurück

Im August 1988 sitzt eine sechzigjährige Frau in meiner Taxe. Nachdem wir ins Gespräch gekommen waren, frage ich sie: „Was ist denn das schlimmste Schicksal, das Ihnen im Leben widerfahren ist?"

„Ich stamme aus Ostpreußen. Wir haben es, als der Russe 1945 kam, nicht mehr geschafft, mit dem Schiff wegzukommen. Da Königsberg uns noch der sicherste Ort zu sein schien, der am längsten der russischen

Armee Widerstand leisten könnte, haben wir dort die Kapitulation der Stadt mit allen Schrecken erlebt. Doch im April – ich war damals gerade sechzehneinhalb Jahre alt – wurden meine fünf Jahre ältere Schwester und ich festgenommen und nach Sibirien transportiert, wo wir in einem Kohlebergwerk zu arbeiten hatten. Es war Schwerstarbeit. Wir standen oft bis zur Hüfte im Wasser. Wir hatten oft großen Hunger. Eine Kohleblatt in der Suppe nannten wir einen ‚Fußlappen'. Viele starben an Unterernährung oder Typhus. Es war grauenhaft. Meine Schwester, die wegen Typhus zu schwach war, um ihre Norm zu schaffen, erschlug ein aufsichtsführender Pole mit einem Spaten.

Ich hatte überall Glück gehabt. Dort im Lager wurde eigentlich keine Frau vergewaltigt, weil sich viele Frauen schon für eine Zigarette freiwillig hingaben.

Stalin ließ alle deutschen Frauen aus Ostpreußen, die in Sibirien waren, bis Weihnachten 1949 nach Deutschland zurückkehren.

Als ich mit meinem Holzkoffer in der Hand in Frankfurt/Oder die deutsche Grenze überschritt, kam mir alles wie ein Traum vor. Wir erhielten 50 Mark. Die Kommunisten erzählten uns an der Grenze, dass wir auf jeden Fall in der DDR bleiben sollten, denn im Westen verhungerten die Kinder auf der Straße. Man hatte mir versprochen, meinen Vater telegraphisch zu verständigen, um mich in Westberlin am Ostbahnhof (heute ‚Hauptbahnhof') zu einer bestimmten Zeit abzuholen. Dort angekommen, wartete ich lange. Niemand holte mich ab. Wie ich später erfuhr, hatte man meinen Vater nicht benachrichtigt, weil er – wie wir vermuteten – kein Kommunist war.

Ich kaufte nun eine Fahrkarte für die S-Bahn und fuhr zum S-Bahnhof Neukölln. Als ich aus dem Bahnhof heraustrat, sah ich dort einen Obstladen mit Bananen, Apfelsinen und Nüssen. Von so etwas hatten wir nur träumen dürfen. Ich konnte es nicht fassen, denn angeblich sollten doch im Westen die Kinder vor Hunger tot auf den Straßen liegen. Ich stellte meinen Holzkoffer ab und ließ mir einiges Obst abwiegen. Der Betrag belief sich auf 3,15 Mark. Als ich zahlen sollte, habe ich das Geld wieder zurückgesteckt, weil ich mir sagte: ‚Vielleicht ist mein Vater krank. Vielleicht musser hungern. Er benötigt sicherlich das Geld. Und ich kaufe mir solche Luxuswaren.‘ Und laut erklärte ich der unwirsch das Obst wieder zurücklegenden Verkäuferin, dass ich soeben aus Sibirien zurückgekehrt sei und eigentlich mit meinen fünfzig Mark sparsam umzugehen hätte. Und als ich mich von jenem Laden etwas entfernt hatte, kommt mir eine fremde Frau hinterher und drückt mir fünf Mark in die Hand und sagt: ‚Bitte, kaufen Sie sich das Obst. Ich habe nämlich auch einen Sohn in Sibirien. Wer weiß, ob er je wiederkommt!‘“

Gespräche mit Musikern

Wenn man nur als Taxifahrer immer wüsste, wen man an bekannten Persönlichkeiten alles fährt. Nur selten erkennt man Berühmt- oder Bekanntheiten gleich auf den ersten Blick (wie z. B. Otto Sander), zumal solche den öffentlichen Erkennungen Ausgesetzte sich oft mit einer Sonnenbrille tarnen. Manchmal hat man das Glück, während des Gespräches den illustren Namen zu erfahren, wie das bei Maria Schell der Fall war. So mag es also sein, dass ich Berühmtheiten als Fahrgäste habe, ohne die leiseste Ahnung davon zu haben. Natürlich frage ich nach Namen, wenn ich jemanden vom Künstlereingang einer Oper oder eines Theaters abhole oder dorthin befördere. So hatte ich einst ein interessantes Gespräch über jenseitige Dinge mit der berühmten Berliner Schauspielerin Berta Drews. Diese erzählte ein paar Tage später über diesen „interessanten Taxifahrer" auf einer Party, wo sich eine mir befreundete ältere Dame aufhielt, die gleich wusste, welcher Taxifahrer wohl mit ihr über „Jenseitiges" gesprochen haben könnte.

So beförderte ich einmal den Opernsänger Harald Stamm zu seiner Wohnung in der Mommsenstraße, und er sprach – auf meine Frage hin – von seinen Lieblingspartien. Wenn ich mich noch recht erinnere, waren es der Gurnemanz und der Boris Gudenow. Der große Wiener Sänger Rydl nannte auf dem Weg zum Flughafen als seine Lieblingspartie den König Philipp. Arleen Auger, die ich von der Philharmonie zum Kempinski Hotel brachte, berichtete mir aus ihrem vielfältigen Konzertleben. Es waren jeweils Gespräche, für die die jeweiligen Fans dieser Bühnenzelebritäten „alles" gegeben hätten. Als Taxifahrer erhielt ich solche Gespräche gratis.

Da ich schon seit meiner Studentenzeit ein Fan von dem Bariton Dietrich Fischer-Diskau war und damals auch in seiner Abwesenheit als Gast im Dahlemer Hause seiner Eltern weilte, wünschte ich mir insgeheim, einmal diesen Star-Sänger als Taxigast „an Bord" zu haben. So stand ich einmal tagsüber als erster Wagen auf der Leiste am Flughafen Tegel. Wenn ich erster bin, lege ich in Erwartung des sicherlich gleich sich nähernden Fahrgastes meine Zeitung oder mein Buch beiseite. Doch war der Zeitungsbericht gerade so fesselnd. Ich sah dennoch aus dem Augenwinkel heraus, dass sich jemand von vorne meinem Taxi näherte. Ich blickte auf. „Mensch, den kennst du doch!", dachte ich. Doch jener Herr, der sah, dass ich in einer Zeitung vertieft war und mich wohl nicht stören wollte, wendete sich um, ging auf die dort parallel stehende Taxe zu und stieg ein. So ein Pech! Dieser Mann, wie ich nun klar erkannte, war Dietrich Fischer-Diskau! Eigentlich hätte er mein Fahrgast sein müssen. Doch Fahrgäste haben die Freiheit, welches Taxi auch immer zu nehmen.

Einmal fuhr ich einen Tenor unserer Charlottenburger Oper zur Philharmonie, wo er in Bachs ,Matthäuspassion' den Evangelisten sang. Ich erinnerte ihn daran, dass ich ihn vor einigen Jahren nach Hakenfelde gefahren hatte. Und dieser mir von vielen Aufführungen her bekannte Sänger bekannte mir, dass er immer noch nach so vielen Jahren an Bühnenauftritten vor jeder Aufführung Lampenfieber habe.

Heute sei die zweite Aufführung der Matthäuspassion, und sie sei für die Sänger immer schwieriger als die Premiere.

Ich berichtete ihm davon, wie er sein Lampenfieber „auflösen" könnte. Ich sprach vom autogenen Training, von positiver Programmierung und erzählte ihm auch, dass ich früher ein sehr verschüchteter junger Mensch gewesen sei, der sich in der Klasse kaum zu melden getraute. Aber, wenn ich heute vor großem Publikum einen Vortrag zu halten oder vor Fernsehkameras zu sprechen hätte, frage ich vorher meine „Geistfreunde" an, wie wohl mein Auftritt ausgehen würde. Und immer erzählen sie mir von einem erfreulichen Ausgang. Indem ich das schon von vornherein weiß, brauche ich überhaupt keine Angst mehr zu haben. Jeder kann, so er danach sucht, mit seinen jenseitigen Freunden und Geistführern Kontakt aufnehmen. Was sie einem alles an Hilfe zukommen lassen könnten, sei einfach wunderbar, wovon mir einmal Frau Kübler-Ross mehrere Beispiele während einer Taxifahrt anvertraut hatte.

Als wir uns vor der Philharmonie von einander verabschiedeten, dachte ich im Nachhinein noch an den Startenor Luciano Pavarotti, den ich in der Deutschen Oper in ‚Der Liebestrank' gehört hatte. Von ihm sagt man, dass er vor jedem „Vorhang" großes Lampenfieber habe. Dieses könnte ich ihm eventuell für immer nehmen. Denn oft haben solche Ängste mit Erlebnissen aus früheren Leben zu tun, wo ein Auftreten vor der Öffentlichkeit wie z. B. eine Anklage vor einem öffentlichen Gericht die Verhängung der Todesstrafe oder dergleichen zufolge gehabt hatte. Das Unterbe-

wußtsein hat „öffentliches Auftreten" in Zusammenhang mit „Tod" gebracht, und automatisch wird in einem Menschen Angst produziert, dass unbewußt solches nochmals passieren könnte. Eine Rückführung in
ein früheres Leben, wo diese Angst ihren Ausgangs-
punkt genommen hatte, kann samt einer De- und Reprogrammierung dieses Problem für immer auflösen.

Einmal holte ich im Interkontinental Hotel einen
Fahrgast ab, der als Fahrziel die Philharmonie angab.

„Sind Sie nicht unser ehemaliger Opernchef Lorin
Maazel?"

„Ja, der bin ich", entgegnete er in gutem Deutsch.
Ich fragte ihn, was er denn heute dirigiere. Es standen
das ‚Sacre du Printemps' von Stravinski und
Beethovens Violinkonzert, gespielt von Igor Oistrach,
auf dem Programm.

Ich erinnerte mich noch allzugut an den großen
Streit, den es zwischen ihm und dem Kammersänger
Hans Beirer gab, nachdem die gemeinsame "Fidelio"-
Aufführung, in welcher Birgit Nilson die Titelpartie
sang, zum Eklat großen Ausmaßes wurde. Ich stand
nämlich damals mit einem Schildchen vor der Oper,
auf dem zu lesen war: „Suche Karte". Doch von neunu-
ndneunzig Prozent erfolgreicher Versuche dieser Art
gehörte jener Versuch zu jenem vergeblichen einen
Prozent. Wie ich am nächsten Tag in der Zeitung las,
hatte Herr Beirer, verunsichert durch angeblich aus-
bleibende Einsätze, zu früh zu singen begonnen, worauf der Chor, der sich nach ihm ausrichtete, ebenfalls
durcheinanderkam, sodass schon während des 1. Ak-
tes der Vorhang fiel und dieser auch an jenem Abend
nicht mehr gehoben wurde.

Herr Maazel hat schließlich sein Amt als Chefdirigent der Deutschen Oper zur Verfügung gestellt.

Lorin Maazel fragte mich, wer denn mein Lieblingskomponist sei, und da ich gerade als Taxilektüre eine Biographie über Franz Schubert mitführte, nannte ich dessen Namen, obwohl es mir schwerfiel, mich für „einen" Lieblingskomponisten zu entscheiden. Ich fragte ihn, was seine Lieblingsoper sei, aber er vermochte sich nicht festzulegen. Und ich sagte:

„Wenn ich Dirigent wäre, würde ich den ‚Tristan' am liebsten dirigieren."

Er entgegnete, dass er das wohl gut verstehen könne.

An der Philharmonie angekommen, weigerte ich mich, eine Bezahlung anzunehmen und sagte: „Sie haben Berlin so viel Wundervolles durch Ihr Wirken geschenkt, dass Sie auch einmal als Gegenleistung von einem Taxifahrer auf seine Weise ein Gegengeschenk annehmen dürfen."

Ein verrückter Zechpreller

Ein Taxikollege berichtete mir über ein Ereignis, was man nur schwer zu glauben gewillt ist, obwohl es ihm tatsächlich passierte. Vor dem Kempinski Hotel an der „Fasanen-Ku-Damm-Halte" stieg ein Mann in Frack und Zylinder hinten ein und sagte: „Bitte fahren Sie mich zur Berliner Bank in die Hardenbergstraße." Dort angekommen und um die Bezahlung gebeten, nahm er seine Brieftasche hervor, in der sich kein Geldschein befand, und sagte: „Warten Sie, ich hole eben ein paar Tausender von meinem Konto." Als jener Herr ausgestiegen war und die Treppe hochschritt, merkte mein Kollege, dass jener ja gar keine Schuhe und Strümpfe anhatte. „Natürlich", so durchfuhr es ihn, „das ist ein Irrer! Wer fährt denn auch mitten am heißen Tag mit Frack und Zylinder durch die Gegend?" Mein Kollege war erfahren genug, um gleich wieder weiterzufahren. Hatte er, als jener Verrückte in seine Taxe stieg, noch gedacht, „Oh weh, was für eine kurze Fahrt! Und dafür habe ich hier in voller Sonne eine Stunde lang gewartet", so war er jetzt nur allzufroh, dass er nur einen geringen Verlust auf der Taxameteruhr zu verzeichnen hatte. Aber zumindest einen zechprellenden „Irren" habe ich auch „beglücken" dürfen.

An einem Sonnabendnachmittag stand ich an der „Koch-Friedrich-Halte", als ein etwa dreißigjähriger Amerikaner mit zwei etwa sechzehnjährigen Jungen im Schlepptau bei mir einstieg. Er saß vorne und gab als Zielort „Mc Donald's" in der Clayallee an. Da er nur gebrochen Deutsch sprach und den beiden Hintensitzenden alles mehrere Male wiederholte, bekam ich bald mit, weshalb sie in dem Taxi saßen. Er hatte sie vor einer Stunde um fünfzig Mark angepumpt und ihnen versprochen, dass er ihnen diese Summe verdoppelt wiedergeben würde, sobald sie zusammen bei seinem Freund eingetroffen seien. Also waren sie zu dritt in ein Taxi eingestiegen. Doch der Freund existierte nicht mehr am angeblichen Wohnort. Daraufhin hatten sie zu dritt meine Taxe bestiegen, da er ihnen versprach, dass er viele Freunde bei Mc Donald's hätte, die ihm Geld leihen würden. Außerdem würde er sie zuerst zu einem großen Essen einladen und ihnen dann den doppelten Betrag zurückzahlen. Da mir alles ein wenig „ungeheuerlich" schien, fragte ich ihn auf Englisch: „Aber Sie haben doch sicherlich noch genug Geld für diese Taxifahrt in der Tasche?"

„Natürlich. Sie kriegen Ihr Geld. Hier sind schon als Anzahlung 10 Mark." Dort angekommen, machte er mir klar, dass er erst seinen Freund bei Mc Donald's aufsuchen müsse und ich derweil hier warten solle. Doch vorgewarnt durch ähnliche Erlebnisse, parkte ich den Wagen und ging hinterher.

Dort hatte er bereits für das letzte Kleingeld eine Tüte Pommes frites gekauft, an welcher die beiden Teenager knabberten. Und dieser Amerikaner ging nun von Tisch zu Tisch – denn einen Freund hatte es dort nie gegeben – und erklärte den jeweils Dortsitzenden, dass er dringend für den Taxifahrer Geld brauche. Wer ihm etwas leihen wolle, solle diese Summe noch am heutigen Tag um das Dreifache vermehrt zurückerstattet bekommen, denn er habe einen Freund, der nachher mit dem Flugzeug ankommen würde, von dem er eine größere Summe Geldes zu erwarten hätte.

Ich wusste nur eines: Mach, dass du hier wegkommst. Du verschwendest deine wertvolle Taxizeit umsonst. Das restliche Geld wirst du nie bekommen. Irgendwann wird er auf einmal verschwunden sein, und die beiden Jungen werden das Nachsehen haben, aber um eine Erfahrung reicher geworden sein.

Der uneingelöste Schuldschein

In der Neuendorferstraße in Spandau winkte mir in der Dunkelheit ein Mann zu. Als er hinten Platz genommen hatte, gab er als Zielort die „Neue Hochstraße" in Wedding an. Er war angetrunken und erzählte mir von seinem Streit mit seiner „Alten". Kurz vor dem Zielort offenbarte er mir, dass er erst bei einem Kumpel Geld holen wolle. Ich parkte meinen Wagen vor dem Haus. Und als ich ausgestiegen war, merkte ich, dass er gar keine Schuhe anhatte.

„Na, das kann ja heiter werden", dachte ich. „Dann war also meine Freude über die relativ lange Fahrt umsonst gewesen."

Betrunkene, die erst Geld holen müssen, lasse ich nie allein nach „oben" gehen. Selbst wenn sie in guter Absicht nach oben gehen, mögen sie dort vergessen, dass ja noch unten jemand in dem Taxi auf ihre Rückkehr wartet.

Oben an der Wohnungstür angekommen, läutete er. Ein Achzehnjähriger öffnete. Sie schienen sich zu kennen. „Ist dein Vater da? Sag ihm, der Gustav ist hier. Ich brauch' ein wenig ‚Knete'."

Der junge Mann ging in die Wohnung, kehrte kurz darauf zur Tür zurück und sagte: „Mein Vater ist ausgegangen. Und ich hab' kein Geld."

Damit schloss er die Tür.

Auf dem Weg nach unten fragte ich ihn: „Warum haben Sie mir nicht in Spandau offenbart, dass Sie kein Geld bei sich haben?"

„Ich war doch sicher, dass mein Kumpel mir Geld borgen würde. Ich habe noch einen guten Kumpel in Steglitz, der borgt..."

„Nein, nein: Ich rufe jetzt die Polizei. So können Sie mit mir nicht herumspringen."

Durch Funk bestellte ich nun die Polizei. Nach fünfzehn Minuten waren zwei Beamte zur Stelle. Ich wusste schon, was wieder passieren würde. Man nahm die Personalien auf, übergab mir alles Nötige, um das Geld einzuklagen. Nachdem die beiden Uniformierten wieder weitergefahren waren, sagte der inzwischen halbwegs Nüchterngewordene: „Mir tut das ja alles sehr leid. Aber ich unterschreibe Ihnen eine Verpflichtung, dass Sie bei mir zu Hause oder im Laden meiner Frau sich morgen 50 Mark abholen können."

Also schrieb ich solch einen Zettel samt den Adressen und ließ ihn unterschreiben, während er mir wiederholt versicherte: „Die kriegen Sie auf jeden Fall." Und bevor ich wieder in das Taxi stieg, sah er mich flehentlich an und zog dabei die leeren Hosentaschen hervor, indem er sagte: „Ich habe keinen Pfennig, um mit dem Bus nachhaus zu fahren. Kannst du mir nicht 5 Mark leihen?"

Natürlich konnte ich.

Zweimal war ich in den nächsten Wochen an seiner Haustür. Aber niemand öffnete. Der Friseurladen in der Kantstraße war geschlossen mit dem Vermerk: „Wegen Geschäftsaufgabe geschlossen."

Was mochte wohl dieses Ehepaar derart aus dem Leben geworfen haben? Was mögen sich dort für ‚Dramen' abgespielt haben?

Vorahnungen, die sich bestätigten

Als ich Uri Geller, den berühmten Gabel- und Löffel-verbieger, in seinem Haus an der Themse besuche, führten wir zusammen telepathische Experimente durch. Er sandte mir telepathisch eine Hauptstadt, oder ich zeichnete etwas auf, das er sogar von gleicher Größe wie eine Kopie auf einem Papier wiedergab. Uri ist davon überzeugt, dass ein jeder über telepathische Kräfte verfügt und dass ein jeder diese auch trainieren kann. Er war in dieser Beziehung das reinste Wunderkind. Denn wenn seine Mutter vom Karten-spielen mit Freundinnen nach Hause kam, konnte er ihr auf die kleinste Münze genau sagen, wieviel sie ge-wonnen hatte. Auch wusste er im Krieg als Soldat, welcher Kamerad sterben würde. All das kann man in seiner Autobiographie (‚Mein Wunder-volles Leben') nachlesen.

Und ich erinnerte mich daran, dass einige Fahr-gäste mir ebenfalls über solcherlei Fähigkeiten be-richtet hatten.

Schon 1981 erzählte mir eine Mittvierzigerin, dass sie als Teenager beim Kirchenausgang dem Pastor und dem Küster die Hand gegeben habe. Von letzte-rem sei vorher verkündet worden, dass er für 3 Wo-chen in den Bayrischen Alpen Urlaub machen wolle.

Als sie ihm nun die Hand reichte, „wurde mir plötzlich ganz schwindelig. Denn ich sah vor meinen geistigen Augen, wie er einen Berg hinunterstürzte. Ich wusste, dass er nicht mehr lebend zurückkehren würde. Und zwei Wochen später saß ich wieder in der Kirche. Jemand von der Gemeinde erhob sich und stand vor uns allen. Bevor er nur ein Wort gesagt hatte, wusste ich, dass er uns jetzt mitteilen werde, dass unser Küster in den Bergen tödlich verunglückt sei. Und so war es auch."

Im Mai 1990 fuhr ich vom Fehrberliner Platz eine Mittsechzigerin nach Zehlendorf. Sie erzählte mir, dass sie manchmal am Morgen ein gewisses Schweregefühl im Magen habe und dann wisse, dass an jenem Tage etwas Bedeutendes auf sie zukommen würde. Und ich bat sie um Beispiele.

„Ich wusste, dass mein Mann, obwohl Flieger bei den Stukas, nicht abgeschossen werden würde. Schließlich geriet er in Stalingrad in Gefangenschaft. Was aus ihm dann geworden war, wusste ich nicht. Aber ich wusste, dass er lebt. Ich hätte meine Hand dafür ins Feuer legen können. Eines Tages sagte ich zu meiner Freundin: ‚Ich hab's Gefühl, dass mein Mann sehr bald zurückkommt oder ich von ihm einen Brief erhalte.' Ich hatte dieses gerade ausgesprochen, da klingelt es an der Tür. Meine Freundin geht zur Tür, um zu öffnen. Nach einer Weile kommt sie in die Stube zurück, schaut mich mit leuchtenden Augen an und sagt: ‚Lotte, du hast recht gehabt. Dein Reinhard steht im Flur.'"

Ich legte ihr dar, dass als Erklärung von solchen Ahnungen oder Präkognitionen die Telepathie als Erklärungsgrund herangezogen werden könne. Aber es könnten ihr auch Geistführer oder Verstorbene diese Botschaft auf ihre Weise zukommen gelassen haben. Letzterem pflichtete sie bei, indem sie sagte: „Ja, so kann es beim Tod meines Pflegevaters gewesen sein. Denn mittags gegen 12 Uhr hörte ich eine Stimme. Ich kann nicht sagen, ob sie in mir oder neben mir erklungen war. Auf jeden Fall sagte diese ganz deutlich: ‚Der Papa ist gestorben.‘ Ich fuhr gleich ins Krankenhaus. Und die Stationsschwester kam aus dem Stationszimmer heraus und sagte: ‚Ich muss Ihnen leider mitteilen, …‘

‚Ich weiß schon Bescheid‘, entgegnete ich. ‚Wann ist er denn gestorben?‘

‚Eine Minute vor 12 Uhr.‘"

Manchmal – und es wird anderen Kolleginnen und Kollegen vielleicht ebenso ergehen – weiß ich, bevor ein Fahrgast schon den Mund aufmacht, in welchen Teil der Stadt diese Fahrt gehen wird. Oder ich weiß schon, bevor er genannt wird, dessen Beruf. Oder ich weiß auf einmal, dass ich den nächsten Funkauftrag bekomme. Man kann als Taxifahrer während seiner Arbeit seine PSI – Fähigkeiten sehr gut trainieren.

Eine Enddreißigerin erzählte mir im April 1995 während einer längeren Fahrt – benutze ich doch oft gerne solch eine länger währende Tour, um mich nach besonderen Ereignissen des Seelenlebens meiner Fahrgäste zu erkundigen –, dass sie 1978 in Indien bei ihrem dort arbeitenden Mann länger weilte.Dort erhielt sie von ihrer Mutter ein Telegramm, dass ihr Vater ins Krankenhaus eingeliefert worden sei und eine Operation kurz bevorstehe. Sie wusste, wie sie mir

sagte, sofort, dass sie nach Deutschland zurückzuflie-
gen habe, um ihrer Mutter Beistand zu leisten. Ihr
Mann buchte nun ein Ticket mit der günstigsten und
schnellsten Flugverbindung. Es war ein Flug mit der
AIR INDIA von Bombay über Dehli nach Frankfurt. Als
er ihr das Flugbillet übergab, wurde sie plötzlich, wie
sie sagte, „hysterisch" und weigerte sich, mit der AIR
INDIA nach Deutschland zu fliegen. Ihr Mann versuchte sie umzustimmen.Doch sie schrie: „Nein, mit
dieser Maschine fliege ich nicht! Für nichts in aller
Welt!" Darauf rannte sie aufgebracht auf die Straße.
Dem Ehemann blieb nichts anderes übrig, als das
Flugbillet zurückzugeben und das Ticket für einen für
sie ungünstigeren Flug von Bomay nach Rom mit der
JAPAN AIRLINES zu buchen. Von Rom nahm sie dann
den Zug nach Deutschland.

Nachdem sie zu Hause eingetroffen war, erhielt sie
alsbald einen Brief aus Indien, in welchem ihr Mann
einen Zeitungsausschnitt beigefügt hatte, aus welchem hervorging, dass eben jene gebuchte Maschine
von Bombay nach Dehli abgestürzt war und dass alle
Passagiere, darunter auch vier Österreicher, den Tod
gefunden hatten.

Doch diesem Bericht fügte jene Frau auch noch den
folgenden hinzu. Ihr Mann habe Tränen bei Frauen
richtiggehend gehasst und habe deswegen oft sie und
auch seine Mutter angeschrien. Nach seinem Tod besuchte sie mit der im Rollstuhl befindlichen Schwiegermutter dessen Grab. Als sie vor seinem Grab angekommen waren, begannen beide auf einmal schrecklich zu weinen. Und plötzlich hörte sie ganz deutlich
eine Stimme: „Bitte, hört auf zu weinen!" Sie drehte
sich um. Doch niemand weilte in ihrer Nähe.

Die Fahrgäste als Anreger meiner kreativen Einfälle

Wie ich schon im Vorwort dargelegt habe, freue ich mich jedesmal auf ein Wochenende, an welchem ich wieder hinter dem Lenkrad meiner Firmentaxe sitze. Früher bin ich auch während der Woche gefahren. Aber mit den Jahren verlangten mich immermehr andere auch lukrativere Verpflichtungen, sodass nur noch die Wochenenden, so ich überhaupt dann in Berlin war und mich nicht auf einer meiner Seminarreisen befand, für meine Taxifahrpassion in Frage kommen konnten. Zu jenem im Vorwort erwähnten Grund für meine Liebe zum Taxifahren kommen noch die Begegnung mit Menschen und jene mit Büchern hinzu. In den letzten fünfzehn Jahren habe ich an den Halteplätzen, wo man oft eine Stunde stehen kann, bis man einen neuen Fahrgast im Wagen zu sitzen bekommt, ganze Wälzer verschlungen, wozu ich sonst nie Zeit gehabt hätte. Denn zuhause komme ich vor lauter Schreibtischarbeit nicht zum Lesen von Hobbylektüren, da sich dort ganze Stapel von Manuskripten auftürmen, die mir als dem Lektor und Koverleger des Verlags ‚Die Silberschnur' zugeschickt worden sind. Zu jenen von mir nebst vielen anderen Büchern gelesenen „Wälzern" gehören ‚Die Nebel von Avalon', ‚Der Rote Löwe', ‚Der Medikus', ‚Der Schamane', ‚Das Geisterhaus', Wadimir Lindenbergs sechsbändige Autobiographie, aber auch umfangreiche Sachbücher wie z. B. Vesmes dreibändige ‚Geschichte des Spiritualismus', Karl-Heinz Deschners ‚Und abermals krähte der Hahn' und ‚Das Kreuz mit der Kirche' oder Arthur

Conan Doyle's zweibändige ‚History of Spiritualism'. Ohne meine Taxifahrtätigkeit wäre ich wohl nie zur Lektüre dieser grandiosen Bücher gekommen. Und da ich so gerne las, war es mir einerseits recht, wenn ich mal einen Fahrgast nach dem anderen bekam und somit ständig unterwegs war, worüber ich mich wie jeder andere Taxifahrer freute, auf der anderen Seite freute ich mich, wenn ich, auf einen anderen Fahrgast wartend, wieder ein großes Stück in meinem neuen Buch vorankam. Ich glaube, darin besteht eine der vielen Lebenskünste, dass man sich über alles zu freuen versteht, ganz egal, von welcher Seite der Wind bläst. Manchmal fragen Fahrgäste, welches Buch ich zwischen den Vordersitzen zu stecken habe, oder sie nehmen es in die Hand und blättern darin. Manchmal spreche ich über meine eigenen Farbromane, und bei Interesse reiche ich dem Interessierten einen Prospekt darüber. Einmal war ein Fahrgast von der Orginalität meiner Romane derart fasziniert, dass er mich auf seine Kosten bat, zu mir nach Hause zu fahren, damit ich ihm die Leinenausgaben von ‚MOLAR' und ‚LILIA' verkaufen und zugleich signieren könnte, obwohl ich ihn darauf hinwies, dass er sie ja über jede Buchhandlung beziehen könne. Aber nein, für ihn bestand gerade das Besondere in der Begegnung mit einem taxifahrenden Autor samt dessen eigenhändiger Widmung in seinen Büchern.

Für uns Taxifahrer ist das Taxifahren oft eine passende Gelegenheit, um uns, während wir auf Fahrgäste warten, weiterbilden zu können, wovon vor allem viele taxifahrende StudentenkollegInnen bestens Gebrauch machen.

Und vielen KollegInnen wird es so wie mir ergehen, dass mir während der Fahrt oft die besten Ein-
fälle kommen – zu was auch immer. Wenn ich zu
Hause am Schreibtisch sitze, habe ich mich auf die mir
jeweils vorliegende Arbeit zu konzentrieren. Aber
während des Taxifahrens kann ich über alles nachdenken, besonders wenn ich gerade durch ein Gespräch irgendeine besondere Anregung erhalten
habe. Somit ist mir manche Stunde beim Brausen
über Berlins Straßen zum Aufbrausen kreativer Gedanken geworden, worüber sich natürlich jeder
Schriftsteller nur freuen kann. Somit möchte ich auch
den Fahrgästen an dieser Stelle mein Dankeschön für
ihre tausendfachen Anregungen sagen. Friseure, Taxifahrer, Sozialfürsorger, Psychologen, Therapeuten
aller Art sind die Beichtväter/-mütter einer jeden Nation. Für mich gibt es aber einen Beruf, der an Faszi-
nation all jene in den Schatten stellt, da die Seele nicht
nur über dieses sondern ungeschminkt auch über die
Leiden und Sünden aus früheren Leben spricht,
wodurch eine Generalbeichte der Seele im großen
Rahmen zustandekommt und die vielen Puzzles in
diesem Leben einen Zusammenhang finden. Das ist
der Beruf des Reinkarnationstherapeuten.

Dem KZ entkommen

Vor einigen Jahren fuhr ich eine vierundsiebzigjährige Frau von Neukölln nach Schmargendorf. Da sie
einen ostpreußischen Akzent hatte, fragte ich sie, ob
sie aus Ostpreußen komme.

„Ja, ich stamme aus Insterburg."

„Wie sind Sie nach dem Westen gekommen? Haben Sie den Einfall der Russen miterlebt?"

„Nein. Wenn Sie wollen, erzähle ich Ihnen meine Geschichte. Denn die verlief ganz anders als bei den meisten Flüchtlingen und Vertriebenen meiner Heimat. Mein Vater hatte dort ein Bekleidungsgeschäft, und wir gehörten zu den Wohlhabenden jener Stadt. Ich war damals als Achtundzwanzigjährige noch unverheiratet – es war im Sommer 1942 –, als ich beim Bäcker die Bemerkung fallen ließ: ‚Der Hitler macht Deutschland noch ganz kaputt!' Irgendjemand musste mich denunziert haben. Schon am kommenden Tag bestellte man mich aufs Polizeirevier. Ich hatte keinerlei böse Ahnung. Dort verhaftete man mich und steckte mich in eine Zelle. Ich hatte noch vorher gefragt, weshalb man mich denn einsperren wolle. Aber man haute mir mit dem Gummiknüppel eins über die Stirn, sodass das Blut hervorströmte. Ich wurde in mehrere Gefängnisse gebracht, bis ich schließlich ins Konzentrationslager Ravensbrück, nördlich von Berlin, gelangte. Dort habe ich die 'Hölle auf Erden' erlebt, das können Sie mir glauben. dass ich überlebte, ist das reinste Wunder. Ende April 1945 sind wir alle zu Marschkolonnen zusammengestellt worden und mussten ins Ungewisse losmarschieren. Wir hörten schon den Geschützdonner von der Front. SS-Bewacherinnen und -Bewacher begleiteten uns mit ihren Schäferhunden. Wer umfiel vor Erschöpfung, wurde mit Pistolenschuss liquidiert. Zehn von uns haben heimlich einander verabredet, bei Dunkelheit einfach zur gleichen Zeit alle loszurennen, sobald wir an irgendeinem Wald vorbeikommen sollten. Denn uns war klar, dass wir alle uns zu Tode marschieren sollten. Wenn wir alle zur gleichen Zeit wegrannten, würde die ein oder andere vielleicht von einer Kugel getroffen oder von einem Schäferhund niedergerissen werden. Aber vielleicht hätten acht bis neun von uns eine Chance, abzuhauen.

Und so geschah es. Ich glaube, dass alle zehn von uns trotz der Schüsse unversehrt fliehen konnten, denn wir befanden uns schon nach fünfzehn Schritten hinter Bäumen. Die SS wollte uns auch nicht hinterhersetzen, da dies die anderen Gefangenen ausgenutzt haben könnten, ebenfalls in den Wald zu rennen. Von uns zehn habe ich nur einige im Wald wiedergetroffen. Bei einem Bauern habe ich mein KZ-Kostüm gegen andere Kleider ausgetauscht und zum erstenmal wieder etwas Ordentliches essen können. Doch zwei Tage später war schon der Russe da. Da ging es hoch her. Doch mich hat keiner gekriegt. Ich habe mich in einem Pferdestall versteckt gehalten."

„Haben Sie Ihre Eltern und Verwandten je wiedergesehen?"

„Weder von meinen Eltern oder Brüdern habe ich je etwas wieder gehört. Trotzdem das Rote Kreuz bei der Nachforschung eingeschaltet worden war. Vielleicht sind sie auf der Flucht umgekommen, oder sie haben den Russeneinfall nicht überlebt."

„Und wie ging es dann weiter?"

„Ich habe dann in Berlin geheiratet. Ich stellte schließlich einen Wiedergutmachungsantrag für Opfer des Nationalsozialismus. Aber ich konnte mich ja nicht identifizieren und auch nicht nachweisen, dass ich in Ravensbrück war. Was immer ich diesbezüglich unternahm, mein Antrag wurde abgelehnt, da mangels Zeugen dem Antrag nicht stattgegeben werden konnte. Meine vielen Narben aus Ravensbrück, die ich ihnen vorwies, wurden nicht anerkannt. Ja, mein Sohn studierte aus dem einzigen Grund Jura, um mir zu meinem Recht zu verhelfen. Denn schon als Junge sagte er: ‚Mutter, ich werde einmal Rechtsanwalt, damit du zu Deinem Recht kommst.' Und tatsächlich, als Rechtsanwalt hat er immer wieder versucht, meinen Fall wieder vor Gericht zu bringen und auch ehemalige Gefangene aus Ravensbrück als Aussagende vorzuführen. Doch die Richter, da niemand von den ehemaligen Ravensbrückerinnen sich mit Bestimmtheit daran erinnern konnte, mich damals dort gekannt zu haben, stellten meinen Fall immer wieder mangels Beweisen ein. Denn es hieß immer wieder: ´Bringen Sie uns jemanden, der eidesstattlich erklären kann, dass Sie in Ravensbrück gewesen waren, und Ihrem Antrag wird stattgegeben. Schließlich war die allerletzte Frist abgelaufen. Danach war nichts mehr zu machen.

Und wissen Sie was? Drei Jahre später – ich arbeite in einem Krankenhaus – kommen mir auf dem Flur zwei ältere Zigeunerinnen entgegen. Die eine bleibt stehen, sieht mich an und sagt: ‚Kennen wir uns nicht von irgendwo her? Bist du nicht die Hanne aus Ravensbrück?' Jawohl, die war ich. Wir bewohnten den gleichen Block. Jetzt hatte ich endlich die gesuchten. Doch die allerletzte Frist war ja schon vor drei Jahren abgelaufen. Ja, ja, so ist das Leben."

„Grollen Sie dem Schicksal, dass es Ihnen so schwer zusetzte?"

„Nein, nein. Alles hat sicher seinen Sinn, auch wenn wir ihn nicht in unserer Kurzsichtigkeit erkennen können. Wenn alles nicht passiert wäre, hätte ich bestimmt nicht meinen wunderbaren Ehemann bekommen, und mein Sohn wäre wohl auch nie Rechtsanwalt geworden, einen Beruf, den er mit viel Freude ausübt. Alles hat schon irgendwie seine Richtigkeit. Nein, Gott oder dem Schicksal gegenüber hadere ich nicht. Leider habe ich keinen meiner Verwandten wiedergesehen. Das wäre noch eine meiner größten Freuden, wenn ich nochmals einem meiner Brüder wiederbegegnen dürfte."

Erscheinungen von Verstorbenen

Der Leser, die Leserin möge mir verzeihen, wenn ich noch vor Ende dieses Buches auf Mystisches zu sprechen komme, aber solches bildet eben einmal einen wichtigen Mittelpunkt meiner vielen Gespräche mit meinen Fahrgästen.

Eine vierundsiebzigjährige Frau aus Lichterfelde-Süd erzählte mir Folgendes: „1944 habe ich meine Mutter und meine fünf Jahre jüngere Schwester in einer Bombennacht verloren. Einen Monat später erschien mir meine Mutter im Traum. Sie war mit 57 Jahren gestorben, sah aber jetzt wie vierzig aus. ... Wenn ich darüber erzähle, muss ich immer weinen... Und sie sagte zu mir: ,Hab keine Angst. Wir werden uns wiedersehen. Die Jutta (meine Schwester) ist auch bei mir.' Dann war sie auf einmal wieder verschwunden.

Doch vor fünfzehn Jahren durfte ich meine Mutter wiedersehen. Nach einer schweren Nierenoperation lag ich im Krankenhaus. Da auf einmal stand sie am Bett neben mir und forderte mich auf, ihr meine Hand zu geben, was ich auch tat. Ich konnte ihre Hand deutlich fühlen, wenn auch nur ganz sanft. Und sie sagte zu mir: ‚Ich helfe dir.' Danach habe ich mich wieder schnell erholt."

Ich erzählte ihr über ähnliche Berichte, die ich in der Taxi von meinen Fahrgästen gehört hatte, und erklärte ihr das ein oder andere. Zum Schluss gab ich ihr neben Literaturhinweisen noch ein Exemplar von ‚DIE ANDERE REALITÄT' mit auf den Weg.

Am 9. September 1989 holte ich eine etwa achzigjährige Frau aus dem Wenkebach Krankenhaus in Tempelhof ab. Ich stützte sie auf dem Weg zum Taxi, da sie Schwierigkeiten beim Gehen hatte. Im Taxi begann ich nun, ihr zu versichern, dass man nach dem Tod im Jenseits wieder gesunde Glieder habe und allmählich auch wieder sein ideales Alter zwischen zwanzig und vierzig Jahren einnehme. Es gebe also auch für sie Grund zur Freude für das, was uns nach dem Tode erwarte, zumal wir zumeist von unseren geliebten Verwandten abgeholt würden. Und sie erzählte Folgendes: „Als mein Mann verstorben war und ich in Tränen oft dasaß und trauerte, stand er bis zum Bauch deutlich sichtbar plötzlich vor mir. Und er sagte: ‚Weine nicht. Mein Hinübergehen war wunderschön. Aber ich habe noch einen weiten Weg vor mir.' Dann löste sich seine Gestalt wieder auf. Können Sie mir sagen, was er wohl mit dem ‚weiten Weg' gemeint haben könnte?"

„Wir werden ‚drüben‘ nach einer Zeit der Anpassung an jene dort vorherrschenden Vibrationen und des Eingewöhnens in unsere neue bzw. alte Heimat uns auch unser vergangenes Erdenleben ansehen und über uns selbst, unser Denken und unser Handeln richten müssen. Denn aus höherer Einsicht heraus erkennen wir leichter all das, was wir als noch Unvollkommene auf Erden aus Liebelosigkeit und Egoismus heraus getan haben. Aus dieser Rückschau können wir viel lernen. Und wir nehmen uns vor, bei unserer nächsten Reinkarnation alles besser zu machen. Das alles mag er mit dem ‚weiten Weg‘ gemeint haben. Wir werden so lange immer wieder in einen neuen Körper auf Erden hineingeboren, bis wir in unserem Denken, Sprechen und Handeln ganz Liebe geworden sind.“

„Wissen Sie, als meine Tochter im Sarg lag, habe ich gebetet, und ich bat sie darum, mir ein Zeichen von sich zu geben, damit ich weiß, dass sie gut angekommen ist. Und nachts hörte ich an meiner Schlafzimmertür ein sanftes Pochen.“

Bevor sie ausstieg, versicherte ich ihr, dass ihr Mann oder ihre Tochter oder beide zusammen sie sicherlich abholen werden, wenn der Tag des Hinübergehens gekommen sein werde.

Und im Juni 1987 berichtete mir eine ältere Frau im Beisein ihres Mannes, dass ihr Schwiegervater etwa acht Tage nach seinem Tode plötzlich vor ihr stand und sagte: „Wenn man stirbt, ist man gar nicht tot. Denn dann fängt das Leben erst richtig an.“

Zum Schluss des Buches möchte ich eine Begegnung mit einem Fahrgast erzählen, die mich wahrscheinlich am nachhaltigsten beschäftigt hat.

Das „ärmste Schwein der Welt", die Beichte eines Massenmörders

An einem Samstagnachmittag stehe ich als einzige Taxe am Hagenplatz in Grunewald. Die Säule leuchtet auf einmal auf. Ich nehme den Säulenschlüssel in die Hand, entsteige dem Wagen und will mich sofort zur Säule begeben. Doch schon winkt ein Mann mit Sonnenbrille, der sich der Taxi nähert, und ruft: „Ich bin Ihr Fahrgast!" Ich bitte ihn einzusteigen, nehme den Auftrag von der Säule trotzdem entgegen, und zum Wagen zurückgekehrt, vermittle ich ihn an einen anderen Kollegen über Funk weiter. Mein Fahrgast gibt mir sein Fahrziel in Wilmersdorf an, und ich fahre los.

Ich höre ihn hinten mehrere Male tief aufseufzen und frage deshalb: „Was ist Ihnen denn über die Leber gelaufen?"

„Ich komme gerade aus der Klinik. Dort habe ich meine Frau und meine Schwiegereltern besucht. Alle drei kämpfen mit dem Tod. Wenn sie sterben sollten, habe ich niemanden mehr auf der Welt. Dann ist es auch Zeit für mich, endlich mein Leben zu beschließen. Wissen Sie, ich habe im Leben alles erreicht, was man sich zu erreichen träumt. Ich müsste eigentlich auch zweimal im Guiness-Buch-der-Rekorde stehen. Aber jetzt bin ich das ärmste Schwein der Welt."

„Weshalb sollten Sie in jenem Buch verzeichnet sein?"

„Ich bin die Person, die als Nichtpolitiker die meisten Verdienstorden aller lebenden Personen dieser Welt bekommen haben dürfte."

„Wie das?"

„Das ist eine längere Geschichte. Aber da Sie mich schon einmal fragen, will ich Sie Ihnen erzählen.

Meine Eltern sind von der SS vergast worden. Ich wuchs bei fremden Leuten auf und erfuhr erst später vom Schicksal meiner Verwandten. Seitdem wollte ich auch nicht mehr leben. Ich versuchte mir das Leben zu nehmen. Aber es misslang mir immer wieder. Gut, so sagte ich mir, dann gehe ich in die französische Fremdenlegion, denn dort ist es leicht, sein Leben im Kampf zu verlieren. Weil ich dort ein unverwüstlicher Draufgänger war und mich zu allen Todeskommandos als erster meldete – denn ich suchte ja den Tod –, wurde ich schnell befördert. Als Offizier für Spezialkommandos lieh man mich an manchen der französischen Regierung befreundeten Potentaten aus, bei denen ich militärische Sondereinsatzgruppen auszubilden und auch zu Sondereinsätzen zu führen hatte. Überall wurde ich mit den höchsten Verdienstmedaillien ausgezeichnet. Mein Körper wie auch mein Gesicht – wie Sie sehen können – wiesen überall Schrammen auf. Aber keine Kugel traf mich – wie ich erhoffte – tödlich. Immer überlebte ich und wurde wieder aus Lazaretten und Krankenhäusern entlassen.

Schließlich kündigte ich der Fremdenlegion, da meine Dienstverpflichtungsjahre längst abgelaufen waren. Auch dort hatte ich an Orden alles bekommen, was immer man in meiner Position erhalten konnte.

Aber nun bot ich mich selbst den Diktatoren und Juntaregierungen in Asien, Afrika und Lateinamerika an. Für meine aufzustellenden und in den Kampf zu führenden Spezialtrupps erhielt ich viel Geld und Orden. Und trotzdem bin ich nun das ärmste Schwein der Welt."

„Und weshalb müssten Sie nochmals im Buch Guinness-der-Rekorde stehen?"

Er schwieg erst längere Zeit. Dann sagte er: „Ich habe mit keinem Menschen darüber bisher gesprochen. Ich weiß auch nicht, weshalb ich Ihnen das jetzt alles erzählen muss. Vielleicht begegnen Sie mir jetzt in einer äußerst depressiven Verfassung. Ich bin derjenige Mensch, der mit seinen eigenen Händen die meisten Menschen umgebracht haben dürfte."

„Wie das?"

„Ich wollte ja das Leben verlieren. Ich suchte den Tod. Aber anstatt ich sterben durfte, habe ich über Zehntausende in den Tod befördert. Ich befand mich oft mit meinen Spezialeinheiten im Kampf und stand zumeist in vorderster Front. Ich warf unzählige Handgranaten in die zu Bekämpfenden, ich schoss ganze Maschinengewehrmagazine leer, und ich will gar nicht das aufzählen, was meine Truppen auf mein Kommando noch alles an Scheußlichkeiten getan haben. Und manchmal sind von den hundert oder zweihundert meiner Männer nur einige wenige am Überleben geblieben, und einmal war ich sogar der einzige Überlebende. Ich hoffte, je mehr ich von den anderen tötete, desto eher müsste doch das Schicksal zurückschlagen und mich endlich durch den Tod erlösen."

Und er begann wieder tief aufzuschluchzen.

Inzwischen waren wir vor dem Haus, in welchem er wohnte, stehengeblieben.

„Sehen Sie, dort oben im 2. Stock, da wohne ich. Die Rolläden sind heruntergezogen. Eines meiner Augen ist blind, und das andere verträgt kein Licht. Gleich werde ich wieder alleine dort oben sitzen und vor mich hingrübeln. Ob meine Frau je wieder gesund wird, weiß ich nicht. Die Ärzte sagen ‚nein‘. Sie hat Krebs. Ebenfalls ihre Eltern. Ich bin nun das ärmste Schwein der Welt.“

„Aber können Sie jetzt nicht versuchen, all das Schlimme durch gute Taten irgendwie wiedergutzumachen?“

Und er heulte auf einmal hemmungslos: „Seit Jahren unterstütze ich das SOS-Kinderdorf. Ich habe ihm große Summen gestiftet. Ja, jede Weihnachten laden sie mich nach Solingen ein.“

Und nachdem er sich wieder beruhigt hatte, steckte er mir einen Geldschein zu, stieg aus dem Wagen und verschwand im Hauseingang.

Der Autor

Trutz Hardo schreibt seine Bücher in den Wintermonaten im Fernen Osten. Er trampte fünfeinhalb Jahre um die ganze Welt und anschließend zweieinhalb Jahre durch ganz Afrika. Bisher hat er ca. 140 Länder besucht und 24 Jobs ausgeführt – u. a. Taxifahrer in Berlin, Matrose, Kellner, Rausschmeißer in einem Nachtlokal in Sydney, Reiseleiter in den USA, Tür zu Tür als Enzyklopädien-Verkäufer in Australien, Neuseeland und Südafrika, Tellerwäscher in Kopenhagen, Fabrikarbeiter in Kalifornien u. a.. Er studierte Germanistik und Geschichte und arbeitete an einem Berliner Gymnasium als Lehrer. Er ist Autor vieler esoterischer Bücher siehe Amazon.de und als Weltneuheit Schriftsteller des ersten Romans in sieben Farben, der zugleich der umfangreichste Roman der deutschen Literatur ist. Der Gesamttitel dieser Tetralogie heißt MOLAR und beschreibt anhand der Familiengeschichte seines Vaters und Dichters mit seinem Pseudonym 'Molar' zugleich die Geschichte des deutschen Volkes in den Jahren 1933 bis 1949.

Trutz Hardo als Reinkarnationstherapeut

Seine eingehende Beschäftigung mit Reinkarnation und Rückführungen in frühere Leben führten ihn zur Reinkarnationstherapie, da die damit sich befassende Forschung herausgefunden hat, dass die Ursache zahlreicher Probleme wie z. B. Phobien, chronische Beschwerden, Allergien und Beziehungsschwierigkeiten in früheren Leben liegen kann.

Wenn somit die jeweils eigentliche Ursache gefunden wird, kann eine Reprogrammierung erfolgen, womit das Problem in seiner heutigen Auswirkung, z. B. in Form von Asthma, Heuschnupfen Klaustrophobie, Impotenz, Partnerproblemen usw. oftmals behoben ist.

Trutz Hardo, der seine Ausbildung bei dem bekanntesten Reinkarnationstherapeuten und -lehrer Amerikas, Richard Sutphen, erhielt, konnte schon vielen Menschen in Privatsitzungen zur Erfahrung einer Besserung oder gar völligen Beseitigung ihrer Probleme verhelfen. Seit 1989 führt er auch Ausbildungsseminare für Rückführungstherapeuten und Reinkarnationsleiter durch, sodass es heute schon einige Ärzte, Therapeuten und Heilpraktiker gibt, die in dieser aus Amerika stammenden Therapie von ihm ausgebildet sind.

Im November 1992 demonstrierte Trutz Hardo in SAT1 „Einspruch" eine Zeitversetzung in die Zukunft, und zwar in das Jahr 3030. Im April 1994 war er in Schreinemakers Live mit einer Gruppenrückführung zu Gast. Er führte auch Frau Schreinemakers in zwei ihrer früheren Leben zurück. In der Sendereihe Mysteries trat er am 14. August 1997 bei RTL auf, wo er den Moderator Jörg Draeger in ein früheres Leben zurückführte.

Trutz Hardo hat eine ganze Anzahl von Vorträgen über esoterische Themen gehalten, sei es über Goethe als Esoteriker, über seine eigenen Erlebnisse bei philippinischen und brasilianischen Wunderchirurgen, über den Nutzen von Rückführungen in frühere Leben, über das Einwirken der Jenseitigen auf das diesseitige Leben, über Kommunikationsmöglichkeiten mit dem Jenseits, über die Beschaffenheit des Jenseits, über Beweise für Reinkarnationen, über die Geschichte des Reinkarnationsglaubens u. a. m.

Er ist in der heutigen New-Age-Szene ein bekannter Mann und ein bestens qualifizierter Sprecher für das „Neue Denken", das sich unter einer neuen Generation immer mehr verbreitet. Trutz Hardo lebt heute in Berlin.

Seminare und Ausbildungen zum Rückführungstherapeuten mit Trutz Hardo sind unter

www.trutzhardo.de

einzusehen.

Nachfolgend aufgeführte **Bücher** von Trutz Hardo sind im Buchhandel erschienen oder über www.silberschnur.de zu beziehen:

Der Roman in sieben Farben in vier Bänden
Dieser behandelt die Geschichte des deutschen Volkes zwischen 1933 und 1949. Er ist der umfangreichste Roman der deutschen Literatur.
Im Mittelpunkt steht der Dichter Molar und seine Familie.

1.   MOLAR auch ‚Molar und seine Kinder'
2.   LILIA
3.   JEDEM DAS SEINE [1]
4.   MARIA juristisch vorzensiert

Sachbücher

Das große Handbuch der Reinkarnation

Das große Handbuch der Sexualität

Wiedergeburt – Die Beweise

Entdecke deine früheren Leben

Reinkarnation aktuell

Supersurfing in Ko-Autorenschaft mit Johannes von Buttlar[2]

---

[1] Dieses Buch ist in Deutschland wegen des Bezuges zum Karmagesetz auf den Holocaust verboten.
[2] Johannes Freiherr Treusch von Buttlar-Brandenfels, in Kurzform Johannes von Buttlar, ist Sachbuchautor, der über 30 Bücher zu Themen wie Esoterik oder UFOs sowie Anti-Aging, aber auch vereinzelt zum Thema Astrophysik, verfasste.
Quelle: Wikipedia

Durch den Vertrieb T. Hockemeyer, mail@trutz-hardo.de sind folgende Dramen und Bücher von Trutz Hardo zu beziehen, die noch nicht im Buchhandel zu erhalten sind:

Valerian, ein Kaiserdrama 12 EUR

Wiedergeboren, eine Reinkarnationskomödie 10 EUR

Gift und Liebe, ein Reinkarnationsdrama 10 EUR

Liebe auf den ersten Blick, eine Reinkarnationskomödie 10 EUR

Wenn ich doch nur wüsste, warum; ein Familiendrama 10 EUR

T & F – Ein Roman über die Dichtung und die Liebe 15 EUR

———————————————————

Per Anhalter um die Welt – Weltreise Teil I
Europa – Asien – Australien – Südsee – Neuseeland
erschienen bei tredition Verlag Hamburg
ISBN: 978-3-7345-1223-0 Paperback
          978-3-7345-1224-7 Hardcover
          978-3-7345-1225-4 e-Book

Per Anhalter um die Welt – Weltreise Teil II
Osterinsel – Süd-, Mittel- und Nordamerika – Karibik
Ostküste von Südamerika - Westafrika
erschienen bei tredition Verlag Hamburg
ISBN: 978-3-7345-1226-1 Paperback
          978-3-7345-1227-8 Hardcover
          978-3-7345-1228-5 eBook

Reise zu den Geistern Afrikas – Weltreise Teil III
Von Tunesien bis Kenia
erschienen bei tredition Verlag Hamburg
ISBN: 978-3-7345-1229-2 Paperback
          978-3-7345-1230-8 Hardcover
          978-3-7345-1231-5 eBook

Reise ins spirituelle Afrika – Weltreise Teil IV
Von Zentralafrika bis Südafrika
ISBN: 978-3-7345-1232-2 Paperback
          978-3-7345-1233-9 Hardcover
          978-3-7345-1234-6 eBook

Der blinde Dichter; ein Reinkarnationsroman
Erschienen bei tredition Verlag Hamburg
ISBN: 978-3-7345-1252-0 Paperback
          978-3-7345-1253-7 Hardcover
          978-3-7345-1254-4 e-Book

Der Rabbi von Majdanek oder
Bitte um Vergebung
Ein Lese-Drama in 34 Szenen
erschienen bei tredition Verlag Hamburg
ISBN: 978-3-7345-1258-2 (Paperback)
        978-3-7345-1259-9 (Hardcover)
        978-3-7345-1260-5 (e-Book)

Das Geheimnis der Sonnenblume –
ein magisches Märchen
Mit einem Vorwort von Chris Griscom
Neuauflage erschienen bei tredition Verlag Hamburg
ISBN: 978-3-7345-1262-9 Paperback
        978-3-7345-1263-6 Hardcover
        978-3-7345-1264-3 e-Book

_____

Bücher, auf die in diesem Buch hingewiesen wurde:

Elisabeth Kübler-Ross: *Über den Tod und das Leben danach*, 1995, 16. Auflage, Verlag Die Silberschnur

Anthony Borgia: *Das Leben in der Unsichtbaren Welt*, 1994, 3. Aufl. Verlag Die Silberschnur

Hinrich Ohlhaver: *Die Toten leben*, 1992 2. Aufl., Verlag Die Silberschnur

Uri Geller: *Mein Wunder-volles Leben*, 1995, Verlag Die Silberschnur

Sylvia Barbanell: *Wenn deine Tiere sterben*, Bioverlag 1992

Harold Sharp: *Auch Tiere überleben den Tod*, 2. Aufl. 1991 Verlag Die Silberschnur

Jutta Nagel: *Joachims Wiederkehr,* G. E. Schroeder-Verlag, 1962

Raymond Moody: *Leben nach dem Tod*, Rowohlt Verlag, 1977

Kenneth Ring: *Den Tod erfahren, das Leben gewinnen*, Bastei-Lübbe, 1984

Zeitfracht Medien GmbH
Ferdinand-Jühlke-Straße 7
99095 Erfurt, Deutschland
produktsicherheit@kolibri360.de